GOL II

ROBERT RIGBY

GOL II

Tradução de
RYTA VINAGRE

Rio de Janeiro | 2008

CIP-Brasil. Catalogação-na-fonte
Sindicato Nacional dos Editores de Livros, RJ.

R425g   Rigby, Robert
          Gol II: vivendo o sonho / Robert Rigby; tradução de Ryta
v.2   Vinagre. – Rio de Janeiro: Galera Record, 2008.

          Tradução de: Goal II: living the dream
          ISBN 978-85-01-07934-3

          1. Real Madrid Club de Fútbol – Literatura juvenil.
          2. Futebol – Literatura juvenil. 3. Novela juvenil inglesa.
          I. Vinagre, Ryta. II. Título. III. Título: Vivendo o sonho

                                                  CDD – 028.5
07-4111   CDU – 087.5

Título original em inglês:
GOAL II

Copyright do texto © Robert Rigby 2007
Film materials © GOAL Limited 2007

Todos os direitos reservados. Proibida a reprodução,
no todo ou em parte, através de quaisquer meios.

Direitos exclusivos de publicação em língua portuguesa somente para o Brasil
adquiridos pela
EDITORA RECORD LTDA.
Rua Argentina 171 – Rio de Janeiro, RJ – 20921-380 – Tel.: 2585-2000
que se reserva a propriedade literária desta tradução

Impresso no Brasil

ISBN 978-85-01-07934-3

PEDIDOS PELO REEMBOLSO POSTAL
Caixa Postal 23.052
Rio de Janeiro, RJ – 20922-970

EDITORA AFILIADA

Agradecimentos especiais a

FIFA
Adidas
Real Madrid
Liga dos Campeões da UEFA
La Liga

Um

Santiago evitou com facilidade o carrinho e se aproximou da grande área.

A torcida do Newcastle, um mar preto e branco que ocupava os quatro lados do St. James' Park, rugiu em aprovação enquanto Santiago passava sem esforço pelo segundo zagueiro.

Seus olhos se ergueram por uma fração de segundo e o cérebro fez um cálculo imediato e instintivo, como um computador: alcance, trajetória, potência.

E então, sem interromper a investida, Santiago lançou uma bola com altura e intensidade perfeitas que passou voando pelo mergulho desesperado do goleiro, entrando na rede pelo canto.

A multidão explodiu, comemorando alegremente aquele que seria eleito o gol do campeonato, enquanto Santiago erguia os braços para o céu, agradecendo à torcida.

O grito dos *geordie* trovejou pelo estádio, entrou pelas ruas e desceu em direção ao River Tyne.

E enquanto Santiago estava parado de braços erguidos, os ecos daqueles gritos podiam ser ouvidos do outro lado da Europa em uma sala escurecida no coração da Espanha.

Um grupo de homens, todos vestidos com roupas caras, olhavam com atenção a imagem congelada de Santiago em uma enorme tela de plasma.

Eles falavam baixo, em espanhol, quase como quem conspira, como se tivessem medo de que ouvintes indesejados pudessem escutar suas palavras.

As cortinas eletrônicas lentamente começaram a se abrir e a luz do dia entrou na sala de exibição, revelando uma mesa abarrotada de fotos, páginas de estatísticas, videocassetes, anotações biográficas; tudo dedicado à vida e à carreira futebolística de um jovem: Santiago Muñez.

O homem no meio do grupo virou-se para um de seus colegas.

— Harris e Muñez jogaram juntos no Newcastle... Talvez eles se dêem bem juntos aqui.

— Mas eles agora jogam na mesma posição — foi a resposta imediata.

Ele assentiu e se virou para a tela de plasma, e dentro de segundos a fita com os lances de Muñez voltou a passar, agora em uma partida diferente, com um ataque que terminou em outro gol espetacular.

— Exatamente — disse o primeiro homem.

Santiago passara a amar Newcastle e o povo que o havia adotado como um *geordie* honorário.

Ficava muito longe de suas origens mexicanas, e igualmente distante do bairro pobre de Los Angeles, na Califórnia, onde ele fora criado e desenvolvera suas habilidades naturais de jogador de futebol.

Ele quase certamente ainda estaria jogando na liga local, como costumavam chamar lá, se não tivesse se encontrado por acaso com Glen Foy.

Glen, ex-jogador do Newcastle que servia de olheiro ocasional para o clube, estava de férias em Los Angeles quando viu Santiago jogando uma partida no parque. Ele percebeu de imediato que estava vendo alguém especial, alguém abençoado com um dom para o futebol que poucos recebiam.

Contrariando todas as probabilidades, Glen conseguiu que Santiago fizesse um teste no Newcastle, e o que se seguiu desde então faz parte do folclore do famoso clube do Tyneside.

Às vezes, mesmo depois de passada uma temporada e meia, ainda parecia um sonho para Santiago — um sonho que se transformara em realidade.

Ele sentia falta do sol de Los Angeles, de sua avó Mercedes, e do irmão mais novo, Julio, mas a vida em Newcastle tinha compensações incríveis: as roupas de grife, o BMW do ano, a casa nova e linda.

E além disso, é claro, havia Roz.

Roz era uma enfermeira; eles se conheceram logo depois de Santiago ter chegado a Newcastle, e em pouco mais de um ano, já estavam planejando o casamento.

A vida era maravilhosa. Não podia ser melhor. Em pouco tempo, Santiago deixara de ser jogador de peladas para ser o herói de St. James' Park.

O Toon Army sabia que ele era um ótimo artilheiro, e muitos da torcida previam que um dia ele superaria até as proezas de lendas como Jackie Milburn e Alan Shearer.

Mas é claro que isso dependia de o clube ser capaz de segurar um jogador que agora era considerado um dos patrimônios mais valiosos do futebol.

Dois

O BMW parou na larga entrada de carros da casa nova. Santiago desligou o motor e saiu do carro.

Tinha ido correr depois do treino e aproveitou cada minuto. A pré-temporada era uma época de emoções confusas, a enorme expectativa da campanha que logo ia começar e a frustração de contar os dias até a primeira partida do campeonato inglês.

Santiago entrou na casa, tirou o moletom, passou pelas caixas, que ainda esperavam ser desfeitas, e decidiu beber alguma coisa antes de tomar banho.

Ao passar pela sala, seguindo para a cozinha, viu Roz sentada em um dos sofás caros que eles haviam comprado recentemente. Ela estava imersa numa conversa com um jovem muito bem vestido.

O jovem apontava para uma coisa de interesse particular em um catálogo colorido, e no sofá e na mesa de centro próxima havia várias amostras de tecido e diagramas de cores.

— Oi — disse Santi, quando o jovem olhou para ele e sorriu. Santiago não viu a testa franzida de Roz ao seguir para a cozinha em direção à geladeira.

Alguns minutos depois, enquanto bebia mais um suco de laranja, ele ouviu a porta da frente se fechar.

Roz entrou na cozinha e não parecia estar muito satisfeita.

— São dez para as cinco, Santi. A reunião com o planejador do casamento era às quatro.

Os olhos de Santiago se arregalaram quando ele se deu conta de que estava realmente muito encrencado.

— Roz, desculpe, eu perdi a noção do tempo...

— A gente devia decidir essas coisas juntos.

Santiago sorriu e deu de ombros, adotando a tática do charme, que em geral funcionava.

— O que é que eu entendo sobre cor de flores e cardápios? Você decide; você é boa nisso. Desde que você apareça no casamento, eu vou ficar feliz, mesmo que só esteja vestindo o uniforme de enfermeira.

Roz sacudiu a cabeça e retribuiu um sorriso forçado. Já estava acostumada com as táticas de Santiago. Ela ergueu a mão para lhe dar um tapa de brincadeira, mas Santi agarrou seu pulso e a puxou para perto.

— Vocês, latinos, são muito descarados — disse Roz, tentando afastar-se dele.

Mas Santiago não ia desistir. Ele se aproximou para beijá-la e depois recuou com um olhar fingindo pavor.

— Você não vai me abandonar no altar, vai? Você vai aparecer?

— Vou pensar — disse Roz, procurando parecer completamente indiferente. — Se você tiver sorte.

Santiago passou os braços em torno de Roz e a puxou para perto. Mas antes que conseguisse beijá-la novamente, ela pôs as duas mãos no peito dele e o empurrou.

— Vá tomar um banho. Está suado.

Santiago riu, mas em vez de ir para o chuveiro, decidiu dar uma olhada no noticiário esportivo na TV a cabo. Pegou o controle remoto e ligou a TV, onde tinha acabado de começar um relato da chegada do Real Madrid em Tóquio para a turnê anual de pré-temporada.

Todo o time titular andava pelo aeroporto enquanto os fãs gritavam e os flashes das câmeras disparavam. Estavam todos lá: Beckham, Ronaldo, Roberto Carlos, Zidane, Casillas, Guti, todos os superastros. E no meio de tudo, sorrindo, acenando, adorando cada momento, estava Gavin Harris.

— Olha! — gritou Santiago para Roz. — É o Gavino!

Roz ergueu os olhos e sequer se incomodou de fitar a TV.

Mas os olhos de Santiago estavam grudados na tela. Gavin Harris era amigo dele, seu companheiro, e por um breve período fora colega de time no Newcastle.

Depois o Real surpreendeu o mundo do futebol ao arrebatar Gavin. Foi um choque e tanto; Gavin era um jogador incrível — não havia dúvida disso —, mas não era mais tão jovem e tinha a merecida fama de gostar de se divertir, que tantos comentaristas previam que só encurtaria sua carreira.

Mas Gavin começara bem e tinha atingido a sua cota de gols. Depois os gols começaram a rarear. E, para um atacante, o que importava mesmo era fazer gol.

Santiago e Roz estavam sentados à mesa no restaurante indiano com Jamie Drew e a namorada, Lorraine, e a mãe de Roz, Carol.

Jamie era um outro amigo de Santi de seus primeiros dias no Newcastle United. Eles jogaram juntos no time reserva, ambos esperançosos e com vontade de crescer, mas enquanto a carreira de Santiago tinha ascendido a altitudes estonteantes, a de Jamie fora em direção completamente oposta.

Um carrinho violento em uma partida do time reserva resultara em um menisco estilhaçado e um ligamento rompido na perna direita. Isso significava que ele jamais voltaria a jogar futebol profissionalmente.

Mas Jamie era de Liverpool e era um otimista nato; em geral conseguia ver o lado bom da vida, e se existia mesmo um pingo de inveja pelo sucesso de Santiago, ele nunca havia demonstrado.

Jamie estava genuinamente feliz pelo amigo que conseguira chegar tão longe e, além disso, ele e Lorraine tinham seus próprios motivos para estarem alegres. A mulher estava grávida de oito meses e, enquanto os outros liam o cardápio do restaurante, ela sacou com orgulho da bolsa a fotografia do último ultra-som do bebê.

Ela passou a foto para Roz, que olhou e sorriu.

Carol estava mais interessada no vinho do que em imagens desfocadas de fetos.

— Acho que é hora de fazer um brinde. — Ela ergueu a taça e olhou pra Santiago e Roz. — A seu novo lar.

Após o brinde, Lorraine virou-se para Santiago e perguntou:

— Sua avó virá para o casamento?

— Quem sou eu para impedi-la — sorriu Santiago. — Mas ela vai precisar de legendas para entender o discurso de padrinho do Jamie.

Jamie ignorou o riso e se concentrou no cardápio.

— Vai pedir *vindaloo* extraquente de novo, Santi?

Santi assentiu.

— Parece bom para mim.

— Ah, tenha um pouco de consideração, Jamie — disse Roz. — Sou eu que tenho que dividir a cama com ele.

Santiago e Jamie ainda estavam rindo quando viram Glen Foy aproximando-se da mesa.

— Oi, Glen — disse Roz, indicando uma cadeira vaga.

— Bem na hora, estávamos fazendo os pedidos.

Glen não se sentou.

— Não, obrigado, eu almocei tarde hoje. — Ele olhou para Santiago. — Podemos conversar?

— Claro, claro que sim. Senta aí.

Glen sacudiu a cabeça.

— Não, em particular.

Na cozinha do restaurante eles encontraram bastante privacidade. Cozinheiros não paravam de mexer frigideiras e panelas no vapor, e garçons entravam e saíam gritando pedidos e recolhendo pratos.

Todos estavam ocupados demais para prestar atenção em Glen e Santiago, que estava congelado, os olhos arregalados de surpresa enquanto tentava entender o que Glen acabara de lhe dizer.

— Está brincando, né?

— Eu não brincaria com isso, Santi. Fiquei ao telefone por horas.

Glen jamais quis ser agente de jogador de futebol. Ele administrava uma oficina mecânica, especializada em carros antigos mas, quando Santiago recebeu a oferta de um contrato com o Newcastle, não havia mais ninguém que ele quisesse eleger como representante. Então Glen aceitou o trabalho, meio a contragosto. Ele não se sentia à vontade no cargo; a maioria dos agentes era abusada, arrogante, expansiva, mas ele queria o melhor para seu jovem protegido, então fazia o máximo que podia.

— Eles querem uma reunião, Santi — disse ele. — Mas temos que manter segredo, está bem?

Santiago assentiu, ainda tonto com o que Glen acabara de lhe contar.

A noite passou num borrão; Santiago mal sentiu o gosto do *vindaloo*. Ficou sentado à mesa, entreouvindo a conversa sobre bebês, casamentos e casas novas, querendo gritar o que Glen havia lhe dito, mas ele sabia que não podia falar uma palavra sequer.

Ele contou a novidade para a noiva assim que eles chegaram em casa. Roz tentou ficar calma. Ela assentiu, fez algumas perguntas e depois concluiu que ela também precisava de alguns minutos para entender todas as implicações.

Santiago estava sentado na cama, ainda tonto, quando Roz saiu do banheiro da suíte escovando os dentes.

— Mas você está feliz aqui — disse ela com a boca cheia de creme dental.

— Não podia estar mais feliz — respondeu Santiago.

— E você tem mais dois anos de contrato. Não vai sair do Newcastle, os torcedores vão ficar chateados. Você é o melhor jogador que eles têm.

— Não recebi oferta nenhuma; é só uma reunião. Sem compromisso.

Roz deu de ombros.
— Tudo bem. Então, quando é que eles vão chegar?
Santiago deu um sorriso largo.
— Não vão chegar.

Três

Real Madrid: o maior, mais rico, mais glamouroso e mais bem-sucedido time de futebol do planeta.

Nove vezes campeão europeu, 29 títulos da liga espanhola, 12 copas da Espanha, duas vezes campeão da UEFA, sete títulos da Supercopa da Espanha, três títulos da Copa Intercontinental. A lista de glórias é interminável.

O clube e os jogadores estão sempre sob os refletores e são constantemente solicitados em todo o mundo. Estavam jogando um amistoso de pré-temporada com o Jubilo Iwata em Tóquio quando Santiago e Glen viram pela primeira vez, atordoados, o distrito de Ginza.

A chuva caía sem parar, mas as estonteantes luzes de néon iluminavam a noite, destacando os clubes luxuosos, a arquitetura futurista e a multidão que andava para cima e para baixo.

Santiago e Glen estavam no banco traseiro de uma limusine que os pegara no aeroporto que seguia no trânsito em direção ao luxuoso hotel Park Hyatt. Um outdoor enorme, mostrando um David Beckham imaculadamente cuidado se barbeando com uma lâmina, se destacava em meio à massa de anúncios publicitários.

Glen viu o olhar nervoso de Santiago para o outdoor e sorriu.

— Quem sabe? — disse ele.

A limusine seguiu para um espaço em frente ao hotel, onde mais de cem torcedores do Madrid estavam esperando, embaixo de guarda-chuvas e com câmeras a postos, pela volta de seus heróis da partida com o Jubilo. A maioria estava ali há horas e eles esperariam felizes por mais tempo só para poder olhar os *galácticos* de perto, mesmo que fosse rapidamente.

Enquanto Santi e Glen saíam da limusine, muitos dos que aguardavam viraram-se para olhar, mas só alguns se incomodaram em tirar uma foto rápida.

Santiago e Glen correram pela chuva até a entrada do hotel, onde um homem sorridente, elegantemente vestido, os esperava.

— Bem-vindos, sr. Muñez e sr. Foy. Meu nome é Leo Vegaz, diretor de relações públicas. — Ele olhou para a chuva forte. — Arranjei este clima pessoalmente para que se sentissem em casa.

Eles fizeram o check-in em pouco tempo e subiram para os quartos. Fora um vôo longo e cansativo, mas Santiago estava bem desperto e cheio de uma energia que estava mais para nervosismo do que para qualquer outra coisa. Tudo estava acontecendo tão de repente, tão rápido.

Ele tomou banho e saiu do chuveiro enrolado em uma toalha. Na enorme TV de plasma, os melhores momentos da partida do Real eram exibidos. Santiago sorriu para as habilidades demonstradas pelos *galácticos* enquanto se dirigia a uma bandeja de sushi, colocada em cima da mesa. Parecia bom, e Santi percebeu que estava com fome, mas antes que pudesse se servir, o telefone do quarto tocou.

Santiago correu até o aparelho e pegou o fone.

Era Glen e ele foi direto ao assunto.

— Eles querem nos ver.

Santiago podia se ver em um dos espelhos do quarto, nu, exceto pela toalha enrolada na cintura.

— Como é que é, *agora*? — disse ele.

O quarto de Santiago era legal, mas a suíte presidencial era impressionante. A decoração e a mobília eram em preto, ultramodernas e minimalistas, e as vidraças do chão ao teto tinham uma vista panorâmica de Tóquio.

Leo Vegaz acompanhara Santiago e Glen até a suíte, onde um homem estava de pé junto à janela, olhando a cidade. Ele se virou quando ouviu a porta do quarto se abrir e andou até Santi com a mão estendida.

— Rudi Van Der Merwe — disse ele. — Sou o técnico do clube.

— Sim, eu sei — disse Santi enquanto trocavam um aperto de mãos. — É um prazer conhecê-lo.

Glen estendeu a mão direita para o técnico do Madrid.

— Sr. Van Der Merwe, é um prazer. Estou honrado em apertar sua mão.

Van Der Merwe assentiu modestamente e depois olhou para Santi.

— Você chegou longe em muito pouco tempo. Acha que está pronto para o Real Madrid, Muñez?

Santiago nem teve a chance de responder. A porta se abriu e entraram dois homens. Um podia ser reconhecido de imediato por quase qualquer pessoa do mundo do futebol. Era Florentino Pérez, presidente do clube mais famoso do mundo.

Leo Vegaz estava pronto para fazer as apresentações.

— Cavalheiros — disse ele a Santi e a Glen —, apresento-lhes nosso presidente, o señor Pérez, e o diretor de futebol do clube, o senõr Burruchaga.

— Obrigado por virem — disse Pérez, olhando diretamente para Santi.

Glen estava decidido a fazer todas as honras e cortesias devidamente.

— Estamos muito felizes de estar aqui. Obrigado pela oportunidade.

Pérez assentiu para Glen, mas estava obviamente concentrado no jogador.

— Como foi sua viagem, Santiago? — perguntou ele em espanhol.

— Boa, obrigado — respondeu Santi, também em espanhol. — É ótimo estar aqui.

Leo Vegaz apontou para os sofás de aparência confortável, dispostos em torno de uma mesa de centro baixa, e os seis homens se sentaram.

As apresentações tinham terminado e Burruchaga estava pronto para tratar de negócios.

— Andamos assistindo aos seus jogos — disse ele a Santi. — Sua temporada passada foi impressionante.

Santiago deu de ombros.

— Sou apenas parte de um grande time.

O senõr Pérez assentiu, identificando-se de imediato com as palavras de Santiago sobre fazer parte de um grande time.

— O Real Madrid é único no mundo do futebol. Exigimos dedicação total. Nós nos orgulhamos de ser os expoentes principais do que se pode chamar de belo esporte. Queremos proporcionar a nossos torcedores a experiência definitiva do futebol.

Santiago ouvia cada palavra com atenção. Ele sabia muito bem que o señor Pérez teria dito a mesma coisa muitas vezes ao falar de seu amado clube, mas isso não tornava os sentimentos menos impressionantes.

Os seis homens ficaram tentando decifrar a personalidade um do outro, fazendo avaliações, em particular Van De

Merwe, mas era Burruchaga quem queria que a reunião seguisse em frente; no que dizia respeito a ele, as discussões sobre a filosofia do futebol podiam ficar para depois.

— Com a Copa do Mundo no ano que vem, muitos jogadores estão se transferindo — disse ele, olhando para Santi. — E nós queremos você, Santiago. Temos confiança de que podemos fazer isto dar certo.

Santiago se virou para Glen; tudo estava andando numa velocidade muito maior do que ele imaginara e ainda havia muitas perguntas a serem respondidas.

É claro que ele queria jogar no Real Madrid; quem em seu juízo perfeito não iria querer? Mas Santiago queria jogar *futebol*, e o modo como Michael Owen passara a maior parte da temporada anterior, esquentando o banco dos reservas, invadira seus pensamentos muitas vezes desde que ele soube do interesse do Real.

Owen era um dos melhores artilheiros do mundo, então, onde Santi ficava nessa história? Mas ele sabia que, mesmo para um bom jogador, às vezes uma transferência não dava certo. A delegação do Real obviamente acreditava que ele podia se adaptar a seu sistema e Santi tinha que continuar acreditando em sua própria capacidade de jogar no mais alto nível. E um único dia podia ser muito tempo no futebol, e no destino de seus astros, como Santiago logo descobriria.

— Temos que agir rapidamente — disse Burruchaga. — A janela de transferência se fecha à meia-noite de amanhã.

A diferença de fuso-horário de nove horas entre Newcastle e Tóquio não ajudava em nada a comunicação entre Santiago e Roz. E como se não bastasse, graças aos deveres de Roz como enfermeira, ela não podia deixar o celular ligado sempre que quisesse.

Santi havia deixado mensagens de texto e recados na caixa postal mas, até então, não houve nenhuma resposta. E tinha que tomar uma decisão. Quase que imediatamente.

Ele voltou até o bar do hotel Park Hyatt onde Glen estava olhando para duas cervejas geladas a sua frente. Santi sacudiu a cabeça ao sentar no banco do bar.

— Deixei outro recado.

Enquanto eles pegavam as cervejas, uma voz familiar e simpática explodiu no ouvido deles e Gavin Harris passou o braço ao redor dos dois.

— Tudo bem, senhoras?

Santiago riu; Gavin quase sempre o fazia rir.

— Gavino! — disse ele, levantando-se para abraçar o velho amigo.

Gavin virou-se para Glen e eles trocaram um aperto de mãos. Gavin fez um sinal para o barman, pedindo outra cerveja.

— Você vai odiar Madri — disse ele a Santi. — Não tem neve, nem chuva, nem lama. E todos lá falam espanhol!

Glen falou rapidamente, mas em voz baixa; tudo devia ser sigiloso.

— Nós ainda não dissemos sim!

— O que você é, um débil mental? — perguntou Gavin, examinando o terno simples de Glen e falando alto o bastante para que quase todos no bar ouvissem. — Com seus 10%, você podia se cuidar um pouco. Comprar um terno novo, talvez até trocar todo o guarda-roupa.

Glen estava acostumado com o senso de humor de Gavin.

— É exatamente o que eu sempre sonhei.

Santiago tomou um gole da cerveja.

— É uma grande decisão, Gavino. Roz e eu acabamos de comprar uma casa nova, e...

— *Casa!* — disse Gavin, interrompendo. — Está querendo me dizer que você viajou meio mundo só para ter uma noite de karaokê? Ninguém diz "não" ao Real Madrid.

Santiago sabia que Gavin tinha razão; mesmo com os temores que ele pudesse ter de passar partidas inteiras no banco como Owen, seria loucura desprezar uma oportunidade dessas, uma oportunidade que provavelmente nunca mais apareceria. Se ele rejeitasse o Real Madrid agora, era muito improvável que o clube voltasse a bater em sua porta uma segunda vez.

Ele estava pensando nas palavras de Gavin quando Van Der Merwe e Burruchaga entraram no bar e seguiram até onde eles estavam.

Van Der Merwe sorriu para Santi e Glen e depois deu uma olhada no relógio, antes de dirigir a Gavin um olhar carregado de significado.

— Só estou tentando fazê-lo pensar, chefe — disse Gavin, sorrindo cheio de culpa. — Já temos crianças demais no time.

— É uma grande decisão — disse Van Der Merwe a Santi. — Muito tentador. Todo aquele dinheiro.

— Eu só queria ter mais tempo.

— Ah, o prazo de transferência — disse Burruchaga. — Ajuda a manter a mente focada. Neste aspecto, eu tenho uma tática que não falha. Ouça seu coração, depois ouça sua cabeça. E quando tiver ouvido o coração e a cabeça, faça exatamente o que sua mulher mandar.

A velha piada suscitou alguns risos educados, até mesmo de Gavin; afinal, Burruchaga era o diretor de futebol do Real Madrid.

Mas Santiago mal conseguiu esboçar um sorriso. Ainda precisava tomar uma decisão que ia mudar sua vida — e ele nem havia conseguido falar com Roz.

Quatro

Na última página do jornal berrava a manchete:

OWEN ASSINA COM O NEWCASTLE

Durante semanas de especulação, boatos e negações, falaram de sua transferência para o Liverpool, ou Chelsea, ou Arsenal, ou até para um dos gigantes italianos, mas finalmente foi feito o acordo e as notícias estavam ali; depois de apenas uma temporada no Real Madrid, Michael Owen estava voltando ao campeonato inglês com o Newcastle United.

Não foi uma grande surpresa que Owen preferisse sair do Real; um jogador de seu nível internacional não podia ficar satisfeito em passar tanto tempo esquentando o banco, esperando para fazer uma ponta no filme.

E embora sua taxa de "gols por minuto em campo" tenha sido mais alta do que a de qualquer artilheiro na *La Liga*, todo mundo sabia que era só uma questão de tempo para ele ir embora. Mas o Newcastle foi uma escolha que ninguém esperava e agora os boatos estavam rolando novamente enquanto a imprensa, os comentaristas, os torcedores e até os jogadores se perguntavam o que isso significava para os outros atacantes do clube.

Jornalistas esportivos e torcedores estavam em peso no aeroporto de Newcastle quando Santiago e Glen finalmente voltaram de Tóquio. As perguntas eram disparadas como projéteis enquanto eles passavam pela multidão em direção a um carro que estava à espera deles.

— É verdade, Santi?
— Você vai sair do Newcastle?
— Assinou com o Real?

Santiago apenas sorria e ficava em silêncio, enquanto Glen fez o máximo que pôde para não dar respostas comprometedoras, tentando não dizer nada, mas na verdade dizendo tudo.

Santiago sabia que Roz estava em casa, esperando, e estava ansioso para chegar para que eles pudessem conversar sobre tudo aquilo.

Quando saiu do carro de volta em casa, foi recebido por dois técnicos da TV a cabo que trabalhavam num cesto do guindaste no alto de sua van branca. Consertavam a antena parabólica na parede da casa enquanto o rádio da van berrava o debate sobre o futuro de Santi, agora que Michael Owen tinha chegado.

— Ei, Santi — gritou um deles enquanto Santiago se aproximava. — Não vai abandonar a gente, vai?

Santiago nada disse, mas quando entrou em casa, viu de imediato que a TV da sala de estar estava ligada: mais cobertura sobre a transferência de Michael Owen para o Newcastle e sua "revelação" em St. James' Park.

Na TV, Owen estava parecendo meio confuso, mas mostrava um largo sorriso enquanto trocava apertos de mãos com o técnico e o presidente do clube, e depois erguia com orgulho a camisa preta e branca que já trazia seu nome. E a cobertura finalmente confirmou um dos segredos mais mal guardados do futebol: Santiago estava seguindo na direção oposta, para o Real, em um contrato de dois anos.

A história estava em toda parte; não havia como escapar dela.

E não havia como escapar da raiva de Roz, que saía da cozinha e não dava a Santiago nenhuma chance de se explicar.

— Como você pôde fazer isso sem falar comigo?

— Eu tinha que tomar uma decisão — disse Santi. — Não consegui falar com você.

Lá fora, os dois técnicos da parabólica podiam ouvir o tom de voz alto de Roz e esperavam que talvez soubessem, em primeira mão, exatamente o que acontecera em Tóquio. Um deles abaixou um pouco o cesto para poder espiar pela janela enquanto Santiago continuava com suas desculpas.

— Eu tentei ligar. Para seu celular, aqui para casa.

— Você podia ter esperado! Pedido mais tempo! Eu sou sua noiva, pelo amor de Deus!

Roz pegou o casaco. Devia sair para trabalhar e, no que dizia respeito a ela, não havia mais nada a discutir. Ela saiu irritada, batendo a porta da frente e olhando para os dois homens no cesto ao marchar para o carro.

Eles sorriram timidamente e viram Roz partir.

— A conversa podia ter ido melhor — disse um deles enquanto começava a subir o cesto novamente.

Santiago esperou até a noite para procurar por Roz no hospital. Ela estava naquele turno e Santi chegou à conclusão de que se deixasse para chegar na enfermaria mais tarde, eles poderiam conversar, porque a maioria dos pacientes já teria se acomodado para dormir.

Ele estava certo. Santi entrou na enfermaria e viu a outra enfermeira daquele turno, que o reconheceu de imediato e fez sinal em direção a uma pequena ala lateral.

— Ela está ali.

Santiago abriu delicadamente a porta e espiou. Roz estava checando o pulso de um paciente idoso chamado Ives. Ele era uma presença constante na enfermaria por ter um problema médico que precisava de monitoramento freqüente. E ele conhecia Santiago.

— Ah, aqui está ele — disse o sr. Ives enquanto Santiago entrava nervoso no quarto. — O malandro que está roubando a bela Rosalind de mim. Hoje você está em maus lençóis, garoto.

Santiago não precisava ouvir isso, e Roz não tornava as coisas mais fáceis para ele ao manter os olhos no paciente.

— Poupe seu fôlego, sr. Ives.

O sr. Ives olhou para Santiago, esperando que ele continuasse, desfrutando maliciosamente de seu óbvio desconforto.

— Você pode pensar que é fácil para mim — disse Santiago.

Roz ainda não olhava para Santi, mas o sr. Ives o observava engasgar ao procurar pelas palavras.

— Eu te amo, Roz, e quero me casar com você. Nada disso mudou. Mas agora, antes que a gente tenha filhos, responsabilidades, podemos conhecer lugares, fazer coisas novas, só você e eu.

Roz viu os olhos do sr. Ives passarem para ela enquanto esperava pela resposta dela. Ela falou sem se virar para Santi.

— Não sei do que você está falando. Está dizendo que quer que eu vá morar com você na Espanha? Não tenho certeza se quero morar na Espanha, Santi. Eu adoro Newcastle.

— Eu também adoro. Esta cidade tem sido boa para mim. Se eu não tivesse vindo para cá, não teria encontrado a coisa mais importante da minha vida... *você*.

O sr. Ives sorriu e assentiu para Roz.

— Bom argumento o dele, o amor.

— Mas e a nossa casa? — disse Roz, quase como se estivesse fazendo a pergunta ao sr. Ives. — E o casamento? E a minha mãe, e meu emprego? Vou fazer meus exames na Páscoa.

— Você pode ir me ver nos seus dias de folga. Eu pego um avião para cá sempre que puder. Roz, não posso perder essa chance. É a minha vida e quero que você faça parte dela.

Lentamente, Roz se virou para olhar para Santiago.

— Mas eu nem sei falar espanhol.

— Eu te ensino — disse Santi com um sorriso.

Roz estava cedendo. Ela sorriu enquanto Santiago se aproximava, mas ainda estava decidida a ter a última palavra.

— Eu não vou comer *paella*.

Santiago riu alto e depois abraçou Roz e a beijou.

O sr. Ives também estava sorrindo. Quando Santiago olhou em sua direção, ele fez um sinal para que Santiago se aproximasse do leito onde ele estava.

Santi deixou Roz e foi até o sr. Ives.

— Me faça um favor, garoto — disse ele quase num sussurro, obrigando Santi a se curvar mais para poder ouvi-lo. — Se topar com o Gavin Harris, diga a ele que ele é *uma merda*!

Cinco

Um novo contrato com o Real Madrid sempre causava mais do que apenas interesse na cidade. Estimulava o amor, a paixão e a obsessão pelo futebol e pelo clube sentidos pela maior parte do povo de Madri.

A coletiva organizada apressadamente para marcar a assinatura do contrato de Santiago estava sendo avidamente vista nas telas de televisão por toda a Espanha — e em quase toda Madri.

Em hotéis e bares, em hospitais e casas, em oficinas e quartéis do corpo de bombeiros, até na prisão da cidade, as pessoas se amontoavam em volta da TV para ver o novato.

Santi tinha acabado de ser apresentado com a camisa do time e estava sorrindo para as fotos de sempre.

— Agora que estou aqui, só quero jogar futebol — disse ele em resposta à pergunta de um repórter.

O repórter replicou rapidamente, indo direto ao ponto.

— Acha que vai ter muita ação no time titular?

Antes que Santi pudesse falar alguma coisa, seu novo técnico, Rudi Van Der Merwe, foi rápido na resposta.

— Como todos sabem, temos os melhores atacantes do mundo no Real. A competição é feroz. Nenhum jogador quer ficar no banco e Santiago não é diferente.

Roz estava sentada no fundo da sala e seu sorriso era quase tão largo e tão orgulhoso quanto o de Santiago enquanto ele se tornava jogador do Real Madrid.

Mas o Real não é o único clube famoso da capital da Espanha: também existe o Atlético de Madrid. E embora o Atlético nunca tenha chegado à estratosfera estonteante de seu ilustre vizinho, ainda tinha sua própria história, sua tradição e seus torcedores fanáticos.

Em um bar arruinado em um dos bairros mais pobres da cidade, onde as velhas flâmulas e pôsteres desbotados do Atlético decoravam as paredes manchadas de tabaco, a coletiva do Real estava sendo vista em uma TV antiga por alguns fregueses que acalentavam suas cervejas.

Os fregueses assistiam com um misto de desdém e inveja; o Real podia pagar jogadores com quem seu próprio clube sequer sonhava em assinar.

Houve um *close* de Santiago enquanto ele expressava sua felicidade com a transferência.

— Eu não poderia estar mais feliz. Desde criança, sonhava em jogar no Real.

No bar, uma mulher atraente por volta dos 40 anos, que estava de pé atrás do balcão, encarava a tela da TV como se tivesse visto um fantasma.

Um dos fregueses esvaziou o copo e o colocou no balcão.

— Outra cerveja, por favor, Rosa.

A mulher não se mexeu, nem mesmo o ouviu, só continuou encarando o rosto que estava sendo exibido na tela da TV.

O freguês idoso se afastou do balcão e se virou para um homem que estava em cima de uma escada, substituindo uma lâmpada fluorescente.

— Ei, Miguel — chamou o freguês —, sua mulher está vidrada no garoto de novo.

— Rosa-Maria — rebateu o homem na escada. — Outra cerveja para o José, por favor.

A mulher reagiu sobressaltada como se tivesse despertado de um sonho. Mas rapidamente recuperou a compostura e pegou o copo vazio, obrigando-se a não olhar de novo a tela da TV.

Em um canto do ambiente, um grupo de adolescentes desgrenhados estava amontoado em volta de uma máquina de futebol de botão, gritando a cada vez que um gol era marcado.

— Enrique — gritou Miguel da escada. — Fez seu dever de casa?

Um menino de 13 anos tão magro que parecia doente olhou de uma ponta da mesa.

— Vou fazer depois.

— Vai fazer *agora*! — disse Miguel. A nova lâmpada fluorescente estava fixada e Miguel desceu da escada. — E vocês todos — gritou ele para os outros meninos. — Saiam! Já para casa!

As crianças sabiam muito bem que não deviam discutir e partiram com murmúrios e olhares carrancudos, enquanto Enrique encarava o pai e ia fazer o dever de casa.

Seria necessário muito esforço para se acostumar com Madri, tanto para Santiago como para Roz.

Na manhã seguinte, eles deram um beijo de despedida na escada do hotel na *Calle de Zurbano,* antes de seguir cada um sua própria jornada de descobertas.

Para Santiago, era o primeiro dia de treino, a primeira visita ao novo e inacreditável complexo de treinamento nos arredores da cidade e a primeira reunião com o resto do time.

Para Roz, era o primeiro dia para conhecer a cidade, o lugar que seria seu lar por muito tempo — se tudo corresse como planejado.

Quando Santiago chegou ao campo de treino de última geração, seu nervosismo crescera e atingira um grau de ansiedade aguda. Ele saiu do carro e sentiu um aperto familiar no peito, que em geral indicava que ele precisava de uma dose de seu inalador para asma.

Ele tirou o inalador do bolso, respirou fundo as substâncias para os pulmões e imediatamente se sentiu melhor. Ao devolver o inalador ao bolso do casaco, ouviu o ronronar do motor de um carro potente e parou para olhar um Bentley prata que encostava no estacionamento.

Gavin Harris estava ao volante, sorridente e estiloso, irradiando sucesso. Ele saiu do carro, tirou os óculos de sol e sorriu para Santiago. Não era preciso dizer nada; este era mesmo um mundo diferente.

Eles andaram juntos para o vestiário, passando por um grupo de garotos que espiava pela grade de ferro. Alguns gritaram para Gavin e ele acenou em reconhecimento. Entre os espectadores, estava Enrique, o menino de 13 anos do bar caindo aos pedaços.

Gavin se divertia ao descrever alguns dos deleites da vida na Espanha que esperavam por seu amigo, enquanto eles se trocavam para o treino. Mas Santiago mal ouvia; estava concentrado em causar boa impressão na equipe técnica e nos novos colegas de time assim que a temporada começasse.

O sol estava brilhando quando eles seguiram para os campos de treino. Jogadores começavam um aquecimento leve sob o olhar vigilante da equipe técnica, inclusive o ex-astro do Liverpool e do Real, Steve McManaman.

Macca, como era conhecido no mundo do futebol, tinha sido o favorito da torcida do Real, os madrilistas, durante sua estada no Bernabéu, jogando como atacante em duas campanhas bem-sucedidas na Europa. Quando se aposentou dos campos, o técnico Van Der Merwe rapidamente o pegou como auxiliar técnico, concluindo que sua experiência seria inestimável para o time atual.

Os *galácticos* estavam reunidos. Alguns dos nomes mais famosos do futebol — Raul, Zidane, Roberto Carlos, Ronaldo e David Beckham — estavam relaxados, batendo papo, rindo, soberbamente confiantes.

Santiago havia se encontrado brevemente com Beckham antes, em um bar de Londres, depois de sua estréia no Newcastle contra o Fulham. O jogador mais famoso do mundo assistira à partida durante uma breve visita ao Reino Unido para gravar um comercial e depois procurou por Santiago para dar os parabéns.

Quando Santi disse a ele que era fã do Real Madrid, Beckham lhe disse, "Continue jogando desse jeito e um dia você chega lá".

E agora tinha chegado. Ele era jogador do Real Madrid. Ainda era difícil de acreditar, mas era verdade.

Ele recuou constrangido, vendo Gavin cumprimentar os outros jogadores e perguntando-se se Beckham se lembraria daquele breve encontro.

Então o capitão da Inglaterra se virou para ele, deu seu famoso sorriso e estendeu a mão num gesto de boas-vindas. Ele se lembrava muito bem de Santiago.

Roz aproveitou bem o dia. Ela viu as vitrines das grifes famosas, observou o belo povo de Madri andando pelos amplos bulevares arborizados no centro da cidade e até ficou um pouco mais culta com uma visita ao Museu do Prado, onde viu maravilhada as pinturas que só tinha visto em pôsteres ou páginas de revistas.

Mas passeios turísticos são melhores a dois e, no meio da tarde, sentindo-se meio sozinha, ela voltou ao quarto do hotel Santo Mauro, zapeando pela TV, procurando por alguma coisa em inglês que pudesse assistir.

Achou um canal que exibia um documentário sobre touradas. Os olhos de Roz se arregalaram enquanto um *matador* vaidoso aproximava-se para matar um touro que sangrava, bufava e se remexia no chão escoiceando, vendo seu assassino se aproximar. O *matador* ergueu a espada e Roz rapidamente apertou o botão do controle remoto.

Finalmente achou um canal de compras. Eram iguais no mundo todo; uma apresentadora radiante e glamourosa erguia um colar de ouro enquanto dizia entusiasmada aos espectadores a pechincha que ele custava. Roz não conseguiu entender uma palavra, mas sabia exatamente o que a apresentadora estava dizendo.

Roz suspirou e apertou o botão do controle remoto novamente. Desta vez era um canal de desenho animado, dublado em espanhol. Ela estava pronta para desistir quando a porta do quarto se abriu e Santiago entrou trazendo uma bolsa estufada.

— Estava treinando ou fazendo compras? — perguntou ela.

Santiago não respondeu. Pegou a bolsa e esvaziou o conteúdo na cama *king-size*. Era como se o Natal tivesse chegado mais cedo. Roz olhou a pilha de celulares, iPods, óculos de grife e outros objetos sortidos que Santiago recebera de presente no final do primeiro dia de trabalho.

— Por que precisa de quatro telefones? — perguntou Roz ao pegar um dos celulares. — Posso ficar com um?

Santiago assentiu e depois abriu um folheto elegante da Audi dedicado ao último modelo.

— Escolha uma cor — disse ele. — Qualquer cor.

Roz ergueu as sobrancelhas.

— Santi, você vai ter que fazer muitos gols.

Seis

Na Inglaterra, os torcedores de futebol *realmente* vão às partidas. Nas grandes e pequenas cidades de todo o país, eles surgem de todos os cantos em direção aos estádios, como filas de formigas voltando ao ninho.

No Real Madrid, os torcedores *se reúnem*. Horas antes do pontapé inicial, as ruas e praças em volta do estádio Santiago Bernabéu aos poucos se enchem de madrilistas fanáticos reunidos para conversar, ouvir, beber, cantar, venerar seus heróis, comemorar o espetáculo que estão esperando ver.

Quase todas as partidas são disputadas no final da tarde. À medida que a noite esfria, os bares despejam seus fregueses nas ruas, vendedores de suvenires e de comida negociam alegremente, a música jorra de aparelhos de som portáteis, o ar se enche de gritos e cantos, que se tornam cada vez mais altos e apaixonados à medida que se aproxima o início do jogo.

As magníficas torres do Bernabéu se destacam sobre a cidade. O Bernabéu *é* a história do futebol. Seu museu é um dos mais visitados em toda a Espanha. Uma fileira interminável de armários exibe os originais ou as réplicas dos numerosos troféus conquistados pelo Real. Dos 28 títulos regionais dos primeiros tempos aos troféus intercontinentais e da Europa — todos estão ali, um tesouro de condecorações, conquistado orgulhosamente e exposto para que o mundo veja.

Há fotos e monitores de TV que mostram filmes reticulados dos grandes momentos e dos grandes jogadores da história do Real — Di Stéfano, Puskas, Gento e muitos, muitos outros. Os fantasmas do passado são um lembrete constante até aos *galácticos* de hoje, do que é exigido pelo clube e por seus torcedores.

Nas noites de jogo, o Bernabéu é preparado, como um Coliseu dos dias de hoje, e fica à espera de 85 mil espectadores.

Aos poucos, a crescente massa de gente entra no magnífico estádio e as arquibancadas ficam lotadas. Nas noites frias, enormes aquecedores se acendem na cobertura para afastar o frio do inverno. Os refletores transformam o imaculado gramado em um verde-esmeralda estonteante. Os torcedores conversam, cantam e estudam as táticas de jogo enquanto ouvem as notícias sobre a escalação do time e a chegada dos gladiadores da atualidade.

Mas os gladiadores da Roma antiga nada sabiam do luxo desfrutado hoje pelos superastros enquanto se preparam para entrar na arena.

Os vestiários são magníficos. Piso de mármore, paredes de ladrilhos azuis e brancos, chuveiros individuais, banheiras de hidromassagem, áreas de tratamento separadas, até pias com acabamento em ouro que parecem ter sido especialmente importadas da mansão de um milionário.

Como se trata do vestiário do time da "casa", o armário de cada jogador tem uma enorme fotografia do superastro presa à porta.

Santiago estava lutando para apreender tudo isso enquanto se sentava ao lado de Ronaldo. Os 11 escolhidos e os reservas já haviam se trocado e estavam prontos para as instruções iniciais do técnico. E embora as brincadeiras inocentes rolassem soltas pelo vestiário, assim como acontecia em todo vestiário antes de uma partida, havia um ar de tensão. Nem os maiores jogadores do mundo podem ter certeza de tudo; quando o apito toca, eles ainda precisam ter bom desempenho.

Santiago fora escalado como um dos reservas; não havia garantias de que ele entraria em campo, mas estava mais nervoso do que nunca. Seu celular bipou e Santiago viu que chegara uma mensagem de texto.

Ele abriu o texto e leu as palavras: *Boa sorte, de Julio e da vovó.*

Santiago sorriu. Ele sabia que eles não iam esquecer e sabia que eles estariam assistindo à partida em Los Angeles na nova TV de tela plana que ele comprara para a família.

Enquanto os jogadores em volta dele riam e brincavam, Santiago pensou no pai, Herman, que por tanto tempo se opôs ao filho querer fazer carreira no futebol. Eles discutiram violentamente tantas vezes, mas, sem que Santi soubesse, quando estreou no Newcastle, Herman assistiu orgulhoso à partida em uma televisão de um bar de Los Angeles.

Santiago soube disso muito tempo depois, pela avó, mas nunca teve a oportunidade de comentar o fato com o pai. Herman morreu de ataque cardíaco logo em seguida; pai e filho nunca se reconciliaram.

Rudi Van Der Merwe entrou no vestiário e as brincadeiras cessaram de imediato. Van Der Merwe esperou um momento antes de falar.

— Vocês só podem perder as batalhas nas quais não lutam. Me deixem orgulhoso. Joguem com honra. Joguem com graça. E com o coração. Mas acima de tudo, joguem com dignidade.

Era isso. A preleção tinha acabado. Os jogadores se levantaram, prontos para a batalha que estava prestes a começar. Na Liga dos Campeões.

Sete

Liga dos Campeões; a maior competição interclubes do mundo. Para alguns clubes, aqueles de menor tradição no futebol, só a classificação na primeira fase já é uma realização.

A chance de jogar em casa e fora com times como o Real Madrid, o AC Milan ou o Manchester United é o sonho dos pequenos clubes de futebol de cada canto remoto do continente.

Mas para os maiorais da Europa, a classificação na primeira fase é uma necessidade absoluta. Encontros complicados com times pouco conhecidos que tratam a partida como se fosse a final européia sempre são uma armadilha esperando algum desatento. Não se espera nada além de uma vitória; tenha uma derrota, e técnicos e treinadores começam a ouvir o som das facas sendo afiadas.

Santiago estava no final da fila dos jogadores que seguiam pelos degraus de granito do túnel e passavam pela cobertura de proteção azul que levava ao campo, mas ele ouviu o rugido ensurdecedor da multidão muito antes de sair no espaço aberto.

Milhares de flashes dispararam e as bandeiras brancas de plástico com o logo do Madrid, distribuídas gratuitamente aos torcedores antes da partida, acenavam as boas-vindas e faziam parecer que o próprio Bernabéu estava em movimento.

No alto do estádio, Roz e Glen tomavam seus lugares em um dos camarotes exclusivos. Havia quatro filas de assentos para os convidados e monitores de televisão foram colocados estrategicamente para exibir *closes* da partida.

Roz percebeu os olhares inquisitivos e um tanto críticos lançados para ela por algumas jovens de roupas caras que presumivelmente eram esposas ou namoradas de outros jogadores. Mas Roz estava nervosa demais por Santiago para se preocupar, por enquanto, com a avaliação que faziam dela.

Ela se virou para Glen.

— Santi deve estar se sentido só agora.

Glen assentiu.

— Ele não é o único.

Em Los Angeles, a avó de Santiago, Mercedes, que conhecia como ninguém os pontos mais sutis do futebol, convidara os vizinhos para ver o jogo. E não só os vizinhos do lado; metade do bairro estava espremida na pequena sala de estar da casa, que ficava em uma encosta de morro, quase na sombra do Dodgers' Stadium.

Mercedes e Julio convidaram todos os amigos, mas tiveram o cuidado de garantir os melhores lugares na casa.

Um gráfico mostrando os titulares e reservas apareceu na TV, e Julio gritou deliciado ao ver o último nome na lista do Real.

— Olha, vó. Santiago é um dos reservas!

Mercedes assentiu mas nada disse; ela só ficava feliz quando via o neto *em campo*.

No estádio, Santiago andava para o banco dos reservas. Antes de tomar seu lugar, ele olhou para os assentos reservados para a diretoria do clube e convidados VIPs. Havia até um lugar que sempre era reservado ao rei da Espanha.

Os olhos de Santiago pararam no presidente do clube, o señor Pérez, e em Burruchaga, o diretor de futebol. Todos esperavam tanto dele, se ele ao menos tivesse uma chance.

Mais à esquerda, o famoso grupo de torcedores conhecido como *Ultra Sur* entoava seus famosos cantos, os tambores eram batidos e bandeiras brancas e cachecóis balançavam no ar como um sinal para o juiz iniciar a partida.

E então era isso. O Real ia enfrentar o Olympiakos da Grécia em sua primeira partida no campeonato, e desde o início o time do Madrid assumiu um ritmo sedoso e cheio de estilo.

Zidane enganou o adversário com uma série de toques habilidosos, Beckham fez vários cruzamentos, invertendo o lado, Ronaldo conseguiu penetrar na área várias vezes e Gavin Harris, que não fazia um gol há 14 jogos, foi infeliz em algumas oportunidades.

Santiago viu cada lance, maravilhando-se com os momentos de brilhantismo de algumas jogadas. Mas apesar de todas as habilidades atordoantes, não houve um gol sequer no primeiro tempo e as equipes saíram de campo para se reunir e reconsiderar a estratégia.

No vestiário, Santiago se sentou com os outros, ouvindo com atenção enquanto o técnico falava de mudanças táticas sutis e instava os jogadores a se esforçarem mais.

Os minutos se passaram rapidamente e logo Santi estava de volta ao banco à medida que o segundo tempo assumia um padrão parecido com o do primeiro. Chutes errados a gol, momentos de magia, oportunidades perdidas.

O cronômetro se aproximava dos 35 minutos do segundo tempo e a sensação de frustração era tão intensa para os jogadores do Madrid quanto para os torcedores.

Van Der Merwe olhou para o banco e fez um sinal para Santiago ir para o aquecimento.

Santi sentiu o coração começar a bater forte. Ao se levantar, percebeu que mal conseguia ficar de pé, que dirá se aquecer. Ele obrigou-se a se mexer e começou a correr para a *Ultra Sur* sem tirar os olhos da partida.

De uma bola lançada à distância, Gavin Harris teve uma oportunidade gloriosa de fazer um gol. Mas mesmo havendo somente o goleiro para derrotar a apenas 5 metros dele, chutou para fora, e muito.

A multidão vaiou demonstrando seu desprazer e, enquanto Santi corria para o banco, o técnico movia a cabeça transmitindo-lhe o que precisava para saber que devia estar pronto para entrar. Ele tirou o agasalho, sentindo, quase ouvindo, o coração martelar no peito.

Gavin era o homem que daria lugar a Santiago. Quando eles se encontraram na linha lateral, ele abraçou o amigo e Santi correu para assumir a posição dele, para o rugido de boas-vindas do Bernabéu.

Não havia mais tempo para ficar nervoso; ele tinha que deixar sua marca.

No camarote e em Los Angeles, os entes queridos de Santiago rezavam para que os poucos minutos que restavam da partida fossem suficientes para que ele desse pelo menos um vislumbre de suas habilidades.

Mas, no início, nada aconteceu. Ele penetrou na área algumas vezes, mas os outros membros do time não estavam familiarizados com seu estilo de jogo.

Ele estava perto da linha central quando ouviu o técnico gritar seu nome.

Santiago olhou para Van Der Merwe e o viu fazendo sinal para que ele caísse no espaço à esquerda, perto da grande área. Santi assentiu e correu para a posição.

O Real pressionou novamente, procurando desesperadamente por uma vitória e, a partir de um chute de Ronaldo, que foi defendido, conseguiram um escanteio.

David Beckham correu para o córner e mandou uma ótima bola em curva, mas um zagueiro do Olympiakos conseguiu subir mais alto e cabeceou a bola para fora da área de risco.

Santiago espreitava junto à grande área. Ele acompanhava a bola com os olhos enquanto ela caía na direção dele. Não havia tempo para pensar em passes, nem para averiguar se haviam colegas de time em posições melhores; a bola estava pedindo — gritava — por um tiro de primeira.

E foi exatamente o que ele fez.

Santiago calculou seu chute perfeito e a bola foi lançada numa velocidade feroz pela área, entrando pelo canto superior da rede.

Todo o estádio pareceu explodir. Na linha lateral, Van Der Merwe, Steve McManaman, Gavin Harris e os outros reservas do Madrid pulavam e socavam o ar de triunfo. No camarote, Glen e Roz se abraçavam, observados pelos outros convidados. Em Los Angeles, os gritos de alegria ecoavam pela rua. E, no campo, Santiago foi abraçado pelos companheiros do Real Madrid.

Quando finalmente conseguiu se desvencilhar do grupo, olhou para o céu e silenciosamente dedicou o gol ao pai.

Os últimos minutos passaram de forma angustiantemente lenta para o Real. E o Olympiakos pressionava por um empate, mas enfim soou o apito do juiz pela última vez e Santiago ouviu seu nome ser entoado em todo o Bernabéu.

Oito

Rosa-Maria teve dificuldade para esconder as emoções ao ver Santiago sendo entrevistado após o jogo na TV do bar.

Os fregueses acompanhavam a entrevista com atenção, assentindo judiciosamente enquanto Santiago tentava descrever suas emoções no momento em que viu a bola atingir a rede.

O jovem Enrique estava de pé no fundo do bar, observando os espectadores. Quando teve certeza de que todos estavam concentrados na TV, ele avançou.

Uma carteira estava convidativa, esquecida em uma das mesas, temporariamente ignorada por seu dono. Com rapidez e habilidade, Enrique a arrebatou e escapuliu correndo pela porta dos fundos do bar.

Só uma pessoa viu o que tinha acontecido.

No beco escuro atrás do bar, um adolescente mais velho chamado Tito esperava por Enrique. Ele estendeu as mãos enquanto o menino mais novo se aproximava e tomou a carteira, tirando as poucas cédulas e verificando se havia algum cartão de crédito.

Antes que qualquer um dos dois pudesse falar, a porta dos fundos do bar se abriu novamente. O menino mais velho olhou para o jovem parceiro de crime, atirou a carteira no chão, virou-se e correu com o dinheiro.

Enrique não teve tempo para segui-lo. Antes que conseguisse se mexer, foi agarrado com brutalidade. Ele pestanejou ao ouvir a voz furiosa da mãe.

— Você perdeu o juízo?

O adolescente tentou se libertar, mas não havia escapatória. Rosa o segurava com firmeza pelos ombros, os olhos inflamados.

— Quer que eu te visite na cadeia? Faça a escolha errada agora e não vai ter volta.

Enrique parou de lutar e limitou-se a olhar para o chão enquanto a mãe falava num tom mais calmo, tentando fazer com que ele compreendesse.

— Enrique, não percebe que isto é errado?

— Como se eu tivesse alguma escolha — rebateu Enrique.

— Mas é claro que você tem. Aquele jogador novo do Real, o Muñez, ele não tinha nada, como você. E olha para ele agora.

— É, olha para ele agora — zombou Enrique. — Ele *era* pobre e eu vou *continuar* pobre. Nós temos muito em comum, né?

Ele conseguiu se soltar e se afastou.

— Enrique, espere! — gritou Rosa-Maria.

O adolescente parou e olhou para trás. Sua mãe o encarava, mas os olhos dela de repente se encheram de medo e incerteza.

— Que foi? — disse Enrique. — O que é?

Rosa-Maria olhou a porta do bar, como se tivesse medo de que alguém pudesse sair e ouvir o que ela estava prestes a dizer.

— Enrique, você tem que me prometer que não vai contar a seu pai — disse ela, quase num sussurro —, mas eu tenho um segredo que deixei no México.

Paparazzi. Uma palavra comum em todas as línguas; as gangues de fotógrafos free-lance são famosas no mundo todo. Eles espreitam nas calçadas dos clubes noturnos ou dos restaurantes da moda, assombram as casas de superastros, esperam em praias, nos arredores de hotéis e em aeroportos na esperança de tirar uma foto que lhes trará muito dinheiro dos tablóides ou revistas.

Às vezes eles caçam aos bandos, em outras ocasiões operam sozinhos, mas o objetivo é sempre o mesmo: tirar uma foto de famosos que possam vender, e quanto mais comprometedora ou constrangedora a foto for para a vítima, melhor.

Os *paparazzi* estavam a postos quando Gavin, Santi, Glen e Roz saíram do carro na calçada de um dos restaurantes mais famosos de Madri. As câmeras eram disparadas e seus donos se acotovelavam para conseguir a melhor posição e gritavam para conquistar a atenção.

Roz ficou perto de Santiago, pestanejando devido aos flashes e à atenção indesejada e intimidadora.

Uma voz próxima gritou em inglês:

— Oi, querida, mostre um pouco a sua perna!

Roz se virou irritada na direção da voz e, ao se virar, um dos saltos ficou preso na calçada. Ela tropeçou e se curvou para a frente, caindo no chão. Foi o momento perfeito para os *paparazzi*; a luz branca e o som sincronizado dos disparos das câmeras invadiram a noite.

Santi e Glen correram para ajudá-la a se levantar enquanto Gavin recuava e sorria para os fotógrafos, certificando-se de que pegassem o melhor ângulo dele.

Roz ainda estava trêmula quando eles entraram no restaurante, onde um maître radiante esperava por eles. Gavin colocou a mão no bolso do paletó e passou algumas cédulas ao maître, que sorria e fazia sinal para que o seguissem.

Ele não os levava a uma mesa. Passaram direto pelo restaurante e entraram na cozinha, passaram por cozinheiros e garçonetes que assentiram sua gratidão a Gavin, que distribuía mais euros, e saíram por uma porta até os fundos, numa passagem estreita e mal iluminada.

Do outro lado havia a entrada para outro restaurante, muito mais discreto e totalmente livre dos *paparazzi*. Gavin os conduziu para dentro e o dono do restaurante o recebeu como a um velho amigo.

A atmosfera era muito mais calma e relaxada, mas antes que finalmente pudessem desfrutar de sua refeição em paz, tiveram de suportar mais uma foto tirada pelo dono, que assim aumentava sua coleção de fotografias dos ricos e famosos que freqüentavam seu estabelecimento.

Glen virou-se para Gavin.

— É assim o tempo todo?

— Na verdade, é — respondeu Gavin. — São todos malucos. Uns completos lunáticos.

— Mas você adora, não é? — disse Roz enquanto tentava consertar o salto quebrado do sapato. — Essa atenção toda.

— No final do dia, eu prefiro sair com meus amigos — disse Gavin dando de ombros. — Fazer uma boa refeição, com uma boa conversa. A vida é mais do que só futebol.

Roz voltou no tempo, para quando Gavin e Santiago dividiam um apartamento em Newcastle. Ela sorriu.

— Como assim, quer dizer como os jogos de X-Box?

Gavin sorriu.

— Não me leve a mal, eu adoro o que faço e isso paga as minhas contas. Mas agora eu tenho outros interesses. — Ele pegou uma garrafa de vinho tinto e serviu uma taça para Roz. — Como isto.

— Como o quê? — perguntou Roz enquanto Gavin servia vinho para os outros.

— Vinho. Fiz um investimento em uma pequena vinícola saborosa na França. Pode ser o meu futuro.

Roz levou a taça à boca e tomou um gole. Ela engoliu o vinho, torceu o nariz e deu um sorriso duro.

— Está com gosto de rolha!

Os olhos de Gavin se arregalaram.

— Sério? — Ele pegou a garrafa, cheirou o vinho e deu de ombros como quem diz, "Para mim, o cheiro está bom". Estava verificando o rótulo quando algumas figuras conhecidas se aproximaram. Uma era Barry Rankin, agente de Gavin, e a outra era o ex-meio-campo do Everton e atual do Real Madrid, Thomas Graveson.

Graveson deu um "olá" e foi para a mesa deles, mas Rankin parou.

— Como está o *fetuccini*? — Ele viu a garrafa na mão de Gavin. — Experimente a safra 95, Gavin, tem um aroma adorável.

— Você sabe de tudo, não é? — disse Gavin, decidindo sensatamente que talvez não fosse a hora de demonstrar seus conhecimentos recém-descobertos sobre vinhos.

Rankin assentiu. Antes de Santiago assinar com Glen, ele tentara conquistá-lo primeiro algumas vezes. Ele pegou a mão direita de Roz e a beijou.

— Encantado.

Roz puxou a mão enquanto Rankin se virava para Glen.

— Sr. Foy, prazer em vê-lo.

— Barry — disse Glen, olhando-o como se o sentimento não fosse mútuo.

Mas olhares de desdém e rejeição nada significavam para Barry Rankin; no que dizia respeito a ele, tudo fazia parte do trabalho. Ele estendeu a mão por sobre a mesa para cumprimentar Santiago.

— Vamos tomar um café um dia desses, Santi.

Ele sorriu mais uma vez e se voltou para a mesa em que estava. Roz olhava a mão que ele beijara.

— Espero não ter pegado nada de contagioso — disse ela.

Glen e Roz estavam com passagem marcada para um vôo no início da manhã seguinte; só havia tempo para Santiago ir com eles ao aeroporto antes de o motorista levá-lo ao treino.

A viagem de carro se passou praticamente em silêncio. Glen estava na frente com o motorista e Roz e Santi no banco de trás, e nenhum dos dois parecia ansioso pelo momento da partida.

Chegaram ao aeroporto e Glen delicadamente afastou-se alguns metros e o motorista manteve a porta traseira aberta, Santi e Roz se abraçaram e trocaram um beijo de despedida.

— Vamos lá — disse Roz em voz baixa a Santiago. — Entre no avião conosco. Ninguém vai saber.

Santiago sorriu.

— Acho que meu novo técnico pode perceber.

— Mas a casa fica tão vazia sem você, Santi.

— Você vai ficar bem. São só algumas semanas, vai ser como se você não tivesse partido.

— Eu te amo — disse Roz, sem se importar que Glen, nem o motorista, nem que o mundo todo ouvisse suas palavras.

Santi era um pouco mais reservado.

— Eu também.

Eles se beijaram novamente e depois Roz passou os braços em volta de Santiago, relutante em deixá-lo. Ao olhar por sobre o ombro de Roz, Santi viu o motorista bater no relógio e gesticular que estava na hora de ir embora.

Glen também tinha visto.

— Muito bem — disse ele em voz alta —, é hora de ir, Roz. Vamos perder o avião.

Roz suspirou e pegou a mala, e Glen foi até Santiago e eles trocaram um aperto de mãos firme.

— Ligue se precisar de mim, garoto.

Depois eles foram embora. Santiago seguiu para o treino, sentindo-se muito sozinho de repente.

Nove

Os dias passaram velozes e Santiago rapidamente se acomodou à nova rotina de treino e se viu mais à vontade com os novos colegas de time. Ele ainda se maravilhava com as habilidades não só dos *galácticos*, mas também da geração mais nova de jogadores do Real, como Robinho e Sergio Ramos.

E os outros membros da equipe reconheciam que Santiago tinha talento, ritmo e o toque predatório e instintivo de um artilheiro natural digno de vestir a famosa camisa branca do Real.

Santiago adorava marcar gols, tanto no treino quanto para valer. Do mais comum ao mais espetacular, cada um lhe deixava alvoroçado, mas especialmente o espetacular, que se tornara uma espécie de marca registrada de Muñez. E isso só podia ser uma boa coisa no Real Madrid, um time cujos torcedores esperavam o espetacular.

O técnico do Real, Rudi Van Der Merwe, não era do tipo extravagante. Tocava seu trabalho de um jeito todo particular. Era totalmente eficaz e minucioso, um motivador. Tinha o respeito dos jogadores e ninguém se desentendia com ele.

E Van Der Merwe não deixava passar nada. Durante o treino, ele parecia ter a capacidade de falar ao celular, verificar listas de estatísticas ou anotações preparadas por seus assistentes e ainda estar ciente de tudo o que acontecia em volta dele.

Estava falando ao celular quando seus olhos pararam em Gavin Harris, a 20 metros de distância no campo.

Van Der Merwe encerrou a conversa ao telefone e depois acenou para seu preparador físico.

— O deltóide do calcanhar de Harris está dando problemas — disse ele assim que o preparador se aproximou. — Fique de olho nisso.

O preparador físico olhou para o chefe e depois virou-se para observar Gavin, que corria atrás da bola. Só um olho muito treinado e habilidoso teria percebido a leve hesitação na corrida. O preparador físico voltou-se para Van Der Merwe e assentiu.

No campo de treino, Santiago acabara de fazer um gol com um chute de dentro da área, quando Van Der Merwe localizou o diretor de futebol do clube, o señor Burruchaga, andando em sua direção.

Burruchaga não escondia a sua admiração pela nova contratação do Real e já sugerira que Santiago devia estar no time titular.

O técnico e o diretor de futebol estavam cientes de sua responsabilidade para com o Real. O treinamento e a escalação cabiam a Van Der Merwe, enquanto outras questões do futebol, como identificar e procurar alvos de transferência, eram de domínio de Burruchaga. Era o sistema europeu e era cada vez mais adotado por clubes britânicos.

Mas Burruchaga nem sempre gostava que seu trabalho terminasse onde começava o de Van Der Merwe. Ele se juntou a Van Der Merwe na linha lateral e olhou para Santiago, que corria de volta ao círculo central.

— Acha que o Muñez está pronto para um jogo inteiro? — disse Burruchaga sem olhar para Van Der Merwe.

O técnico sacudiu a cabeça.

— Não. Ainda não. Acho que ele precisa de mais um tempo para se estabelecer.

Mas Burruchaga obviamente tinha outras idéias. Ele se virou e olhou para o técnico de um jeito decidido.

— Talvez você deva pensar melhor.

Ele se afastou sem dar a Van Der Merwe a oportunidade de responder.

Sempre há jovens torcedores rondando a entrada do campo de treino, observando que os jogadores entram e saem do complexo. Eles se espremem em volta de seus heróis na esperança de uma palavra ou de um autógrafo.

Santiago sempre teve tempo para os fãs. Ele sabia de onde vinham, particularmente as crianças, que eram mais obviamente pobres. Ele passou a maior parte da vida lá e, agora que a vida estava muito melhor, não se esquecera disso. Assim, quando um grupo de fãs vinha correndo em sua direção ao sair do treino do dia, parava e pegava as canetas, fotos, programas e pedaços de papel que eram atirados para ele.

Ele achou que tinha assinado todos antes de ir para o carro, mas por trás da gritaria dos fãs, um menino franzino estava de pé, agarrado a uma bola de futebol que ele queria que fosse autografada.

Era Enrique, que tinha perdido a sua chance de conseguir um autógrafo. Ele se virou, parecendo muito decepcionado e começou a longa caminhada de volta para casa.

Estava imerso em pensamentos enquanto andava pelo canteiro central de uma das avenidas que cortava a cidade. Veículos disparavam nas duas direções, mas Enrique parecia não perceber o rugido dos motores e as lufadas de ar quente quando os enormes caminhões passavam trovejando a alguns metros de distância.

Ele chegou a um trecho empoeirado de terreno baldio e perambulou para os arredores da cidade. Quando chegou no metrô, fez o de sempre: pulou a roleta. Enrique não pensava em pagar pela viagem e, de qualquer forma, não podia, não tinha dinheiro.

Por fim ele chegou às cercanias muito conhecidas de sua casa. Os conjuntos habitacionais antigos e caindo aos pedaços, as ruas planas, estreitas e esquecidas. Este era o outro lado de Madri, o lado que Roz sequer vira durante o dia de turismo.

Enrique andou pelo beco estreito e saiu para ver uma turma de amigos jogando futebol em terreno ressecado. Não era o Bernabéu, mas para as crianças que corriam de um lado para o outro, lutando e gritando para a bola, podia ser.

Enrique largou a própria bola de futebol e correu para se juntar a eles e logo se viu no meio da partida. Recebeu um passe de um dos amigos e disparou, evitando facilmente alguns carrinhos desajeitados enquanto a poeira subia em torno dele.

Ele levantou a cabeça e se preparou para chutar para o gol, ou para os dois moletons puídos colocados no chão que representavam as traves.

Antes que pudesse levar o pé à bola para dar o chute, o menino foi derrubado por trás e se viu esparramado no chão, comendo um punhado de terra.

Ele olhou para cima e avistou seu amigo tirano, Tito, rindo dele. A bola já não estava mais ali.

Dez

O início da temporada do Real foi bom, mas poderia ter sido melhor. O time estava começando a se acomodar na maioria das áreas, da defesa ao ataque, com uma exceção notável e muito óbvia — Gavin Harris.

O técnico Van Der Merwe estava dando todas as oportunidades a seu artilheiro em má fase, para que redescobrisse seus chutes certeiros, mas o processo se mostrava doloroso.

Santiago estava começando a se acostumar a passar as partidas no banco, com breves participações. Ele sabia que tinha impressionado nos treinos, mas Van Der Merwe parecia decidido a fazer seu novo contratado esperar para jogar uma partida inteira.

Era difícil tanto para Santi como para Gavin. Eles eram grandes amigos, mas também profissionais e sabiam que rivalizavam pela cobiçada posição no time titular.

Santi teve sua chance de mostrar ao chefe exatamente o que tinha a oferecer em um jogo da *La Liga*. Estava ocupando seu lugar de sempre no banco, vendo com uma frustração cada vez maior os colegas de time lutarem para superar um adversário teimoso e decidido.

Gavin tentava ao máximo, mas sempre perdia o tempo da bola, o que não ajudou quando ele desperdiçou a melhor oportunidade de marcar um gol no jogo.

A multidão rugiu em uníssono e Gavin sacudiu a cabeça e se afastou da rede, evitando olhar os companheiros de equipe nos olhos.

No banco, Van Der Merwe virou-se para Santiago e fez sinal para ele. O número de Gavin já estava sendo erguido na placa de substituição. Ele ia sair.

Ele encontrou Santiago na linha lateral e sorriu ao tocarem as mãos. Santi correu, beijando o colar para dar sorte, mas o sorriso de Gavin transformou-se em uma carranca ao se dirigir para o banco, encarando o técnico.

— Eu podia ficar o jogo todo, chefe — disse ele, tomando seu lugar ao lado dos reservas.

Van Der Merwe olhava Santiago correr para a pequena área. Ele não se voltou para Gavin ao responder.

— Precisamos de sangue novo, Harris.

Não restavam muitos minutos; Santiago, novamente, tinha pouco tempo para tentar achar o ritmo do jogo.

Roz sentava-se sozinha na arquibancada. Ela estava com o cachecol do Real, agarrada a ele com força, desejando que Santiago fizesse outra contribuição notável à partida.

Um jogador adversário caiu depois de um carrinho e rolou na grama em aparente agonia. A falta não parecera ser proposital e os madrilistas vaiaram seu desprazer com a aparente catimba enquanto o juiz permitia que o jogador recebesse tratamento.

Às vezes, uma substituição repentina no time adversário podia inquietar e confundir temporariamente até o mais experiente dos zagueiros. E foi exatamente isso que aconteceu.

Logo depois do reinício, o goleiro do Real, Casillas, pegou a bola e a lançou para Salgado. Ele disparou pelo flanco direito antes de passar a bola a Guti, que a lançou rapidamente a Raúl, que de imediato deu um passe de calcanhar para Beckham e depois correu para receber a tabela.

Os zagueiros adversários estavam sendo arrastados de sua posição tentando deduzir o lance e marcar o ritmo e o posicionamento de Santi.

Não tiveram tempo. Depois de um finta de Ronaldo e uma troca rápida de passes entre Guti e Gravesen, a bola foi para Beckham, à direita. Ele mandou um cruzamento de efeito para a área e, perto da marca do pênalti, Santiago pulou no ar e cabeceou de forma espetacular, derrotando o goleiro que caía à esquerda.

Santiago tinha saído do banco novamente para encerrar a partida com uma vitória e, enquanto os torcedores gritavam no Bernabéu, todos os companheiros do Real correram para parabenizar o super-reserva.

Gavin estava com o rosto para baixo numa maca de fisioterapia, recebendo tratamento após o jogo. Sua coxa doía muito, embora o fisioterapeuta fosse especialista no tratamento, aplicando exatamente a dose certa de pressão, precisamente nos pontos corretos.

Gavin deu um sorriso forçado, tentando esconder a dor, enquanto Santiago entrava na sala de tratamento, já vestido e de banho tomado, fazendo o máximo para não demonstrar prazer demais em ter marcado o gol da vitória.

— Ei, e aí, Gavin — gritou ele. — Por quanto tempo ainda vai ficar deitado aí?

O amigo se virou e sorriu.

— Não posso nem ter uma massagem sueca de graça? O Pedro aqui é muito sensível. Eu não quero magoá-lo.

O fisioterapeuta já ouvira isso antes. Limitou-se a sorrir e a dar um tapa na coxa do jogador.

Enquanto fingia agonia, Gavin viu Van Der Merwe entrar na sala. Gavin se sentou rapidamente e sorriu para o técnico, sem querer que ele pensasse que havia alguma coisa grave.

— Tudo bem, chefe?

— Como está a coxa? — perguntou Van Der Merwe.

— Nova em folha, chefe.

Van Der Merwe não se convencia facilmente; podia perceber que Gavin não estava tão confiante quanto demonstrava.

— O corpo humano é uma maravilha biológica. Pode realizar milagres, mas não é indestrutível. — Ele estava olhando direto nos olhos de Gavin. — Futebol. As corridas, as quedas, os carrinhos. A vida de todos nós tem um prazo de validade. Lembre-se disso.

Pela primeira vez, Gavin parecia não ter palavras, mas Santiago estava pronto para pular em defesa do amigo. Ele olhou para Van Der Merwe.

— Até o senhor, chefe?

Os olhos de Gavin passaram de Santiago para Van Der Merwe. Ele esperava algum tipo de repreensão, mas o técnico só sorriu, apreciando em silêncio o espírito de luta de Santiago.

Por alguns segundos ninguém disse uma palavra, até que Santiago decidiu que talvez ele tivesse ido longe demais com as poucas palavras que dirigira ao chefe. Ele sabia o quanto o futebol significava para Gavin, apesar de toda a conversa dele sobre os novos empreendimentos no negócio dos vinhedos. Certamente Van Der Merwe podia entender isso.

Santiago olhou o técnico.

— Não sente falta de jogar?

Van Der Merwe refletiu por um momento antes de responder.

— Muita gente daria qualquer coisa no mundo para estar no seu lugar, Muñez. Eu não sou um deles.

Ele se virou para ir embora, enquanto Gavin saía da mesa de tratamento.

— Ei, chefe? — gritou ele.

Van Der Merwe parou na soleira da porta e virou-se para trás.

Gavin estava de volta a seu jeito de sempre, irrepreensível.

— Não vai me desejar um feliz aniversário?

Onze

Gavin era famoso não só pelo futebol, mas também pelas festas que dava, e ele decidira que esta festa de aniversário seria uma das mais memoráveis.

Ao entrarem na enorme casa de campo alugada por Gavin nas colinas acima de Madri, os olhos de Santiago e Roz arregalaram em descrença. O lugar devia custar uma fortuna, e não era pequena.

Esparramava-se por uma enorme área em diferentes níveis. A sala principal lembrava o clube mais exclusivo do mundo, com móveis de design e obras de arte modernas que pareciam ter sido cedidas por alguma das maiores galerias de Madri. Pelas portas de correr de vidro fumê, eles viram uma piscina interna tão tremendamente iluminada quanto o resto da casa.

A música agitava o ambiente e havia gente em toda parte. A maioria do time fora convidada, com suas esposas ou namoradas. Estavam misturados com o belo povo de Madri. Sorriam, riam, batiam papo. Parecia haver pelo menos três mulheres para cada homem. Mas isso não surpreendia; era uma festa de Gavin.

Santi estava começando a se sentir parte de tudo aquilo. Usava um terno preto perfeitamente bem cortado e se sentia tão descolado quanto a sua roupa. Enquanto eles abriam caminho pela sala à procura de Gavin, todos sorriam ou assentiam sua apreciação e admiração pelo novo garoto, a nova sensação dos gols.

Gavin apareceu, espremendo-se para passar por um grupo de lindas mulheres. Ele pegou uma garrafa de champanhe e algumas taças com uma garçonete que passava e curvou-se para Santiago e Roz.

— Bem-vindos a Prazerópolis!
— Feliz aniversário, Gavin — disse Roz, dando-lhe um beijo no rosto. — Vinte e nove de novo?

Gavin apenas sorriu.

— E aí, o que acha de tudo isso? Alugada de um amigo da Madonna.

— É linda mesmo — disse Roz. — Mas a Prazerópolis tem um banheiro? Estou desesperada.

O aniversariante apontou pela sala e Roz se afastou enquanto Santiago pegava a taça de champanhe que Gavin colocava em sua mão.

Santi ainda estava maravilhado com a mansão.

— Isso deve ter te deixado um pouquinho mais pobre.
Gavin deu de ombros.

— O Barry escolheu tudo. Eu só fiquei sentado curtindo o passeio.

Como se respondesse a uma deixa, Barry Rankin apareceu, com um gordo charuto entre dois dedos da mão direita e cada braço envolvendo uma mulher bonita.

— Tudo bem, meu filho — disse ele, enquanto as mulheres se desvencilhavam e davam um beijo de aniversário no rosto de Gavin.

Rankin obviamente gostava de ter os braços em volta de alguém, então ele os passou nos ombros de Santi e o puxou para mais perto.

— Santi... Belo gol o de hoje. Com todo respeito, mas o que estava pensando quando trouxe a Roz aqui, cara? Isso é o que se pode chamar de uma festa de *solteiros*, amigo.

Ele guiou Santi pela sala abarrotada de gente, saindo pelas portas até os fundos da casa. Em uma quadra de futebol de salão, alguns jogadores do Madrid exibiam suas habilidades a um grupo de mulheres e, perto da casa, mais mulheres de biquíni posavam, em vez de nadar, em uma piscina coberta.

Rankin olhou para elas, depois para Santiago e ergueu as sobrancelhas.

— Roz é minha noiva — disse Santiago.

— É — disse Rankin enquanto olhava as mulheres na piscina. — E logo ela vai estar de volta a Newcastle descongelando uma porção individual de ravióli enquanto você fica por aqui cercado de... — ele olhou as mulheres na piscina de novo —... tudo isso. Acho que vou nadar.

Rankin se afastou e Santiago voltou para a mansão para procurar por Roz. Encontrou Gavin primeiro e estavam conversando quando se aproximou deles uma mulher alta e linda de cabelos pretos e compridos e com um sorriso que podia figurar num anúncio de creme dental.

— Boa-noite, Gavin — disse ela num inglês excelente. — Não vai me apresentar seu amigo?

— Claro — respondeu Gavin, de repente sem seu jeito atrevido de sempre. — Jordana García, este é Santiago Muñez.

Enquanto Jordana fixava os olhos em Santiago, Gavin estendeu a mão e delicadamente afagou seu rosto.

— Ela não resiste a mim.

Jordana não tirava os olhos de Santiago.

— Vou tentar. — Ela ofereceu a mão direita a Santiago e ele a pegou.

— *Hola*, Santiago.

— *Hola*.

— Belo terno. Dolce?

Santiago assentiu.

— Um gol nada mal, o de hoje. Você deve ficar exausto depois, do que mesmo, sete minutos inteiros em campo.

Ela ainda estava segurando a mão dele.

— Pega leve, Jordana — disse Gavin. — Ele é comprometido.

Jordana largou a mão de Santiago e olhou para Gavin como quem dissesse, "E daí?", e então ela sorriu para Santiago de novo.

Roz estava abrindo caminho em meio aos convidados, sentindo-se completamente deslocada. Havia tantas mulheres bonitas e bronzeadas ali, todas com jeito e estampa de modelos. Era tudo muito diferente de Newcastle.

Por fim, ela achou Santi no bar com a mulher mais glamourosa e sofisticada de todas.

— Roz — disse Santi rapidamente. — Esta é Jordana, é da televisão daqui.

As duas mulheres sorriram, avaliando-se.

— Oi — disse Jordana. — Santi estava me falando dos planos para o casamento. Você é uma mulher de sorte.

— Nem a metade da sorte dele — contra-atacou Roz.

Jordana se virou para Santiago e falou em espanhol.

— Vou ter que levá-lo ao meu programa um dia desses, antes que todas as emissoras da Europa se apoderem de você.

Santiago pôde ver a irritação de Roz em ser excluída da conversa. Ele respondeu em inglês.

— Obrigado, mas eu não sou dessas coisas.

O olhar de irritação de Roz estava se transformando em raiva. Ela não entendeu nada do comentário de Jordana e a resposta de Santiago fez com que ela se perguntasse exatamente o que a apresentadora de TV havia sugerido.

E não ficou nada melhor quando Jordana ergueu as sobrancelhas com um jeito malicioso e disse:

— Com licença, mas você acaba de dizer "não" para mim?

Santi riu e o mesmo fez Jordana. Mas Roz apenas sorria educadamente. Ela não entendeu a piada e nem queria entender.

Foi uma noite muito longa, até para os padrões de Madri; já estava quase na hora de acordar quando Santi e Roz se preparavam para cair na cama do quarto do Hotel Mauro.

Roz estava se segurando para fazer uma pergunta a Santi desde o encontro dela com Jordana, e ela não agüentava mais esperar.

— O que você achou da mulher da TV?

— Quem? — respondeu Santiago com inocência.

— Você entendeu exatamente o que eu quis dizer. A senhorita "Você acaba de dizer 'não' para mim?" Você gostou dela?

Santiago deu de ombros.

— Ela é legal. Acho que o Gavin tem uma queda por ela.

— Bom, ela sem dúvida gosta de você.

Roz estava olhando Santi de perto, esperando para ver como ele reagiria, e Santi podia perceber a sensação de insegurança da noiva. Mas em vez de ficar imediatamente tranqüilizador, ele decidiu caçoar dela um pouco mais.

— Bom, eu sou mesmo irresistível.

— É, e também convencido — rebateu Roz.

Santiago riu enquanto agarrava Roz e a puxava para mais perto. Ele a beijou com delicadeza e depois olhou nos olhos dela.

— Eu amo *você*, Roz. Lembra?

Doze

O carro parou na frente de uma mansão imponente e futurista com janelas enormes e colunas quadradas que sustentavam o imenso telhado.

Roz olhou pela janela do carro.

— Santi, por que viemos aqui?

Santiago já estava fora do veículo. Enquanto Roz o seguia, olhando a fachada impressionante e imponente, ele gesticulou com orgulho.

— Esta é a nossa casa.

Roz arregalou os olhos.

— Você... você comprou?

Santiago assentiu com entusiasmo.

— É. Eu comprei.

— Ah. Oh, você não...

— É. O que você acha?

Antes que Roz pudesse responder, Santiago, com um sorriso quase tão amplo quanto a mansão, a arrastava para a porta da frente.

— Espere até ver lá dentro.

O interior era igualmente impressionante e opressivo. Roz seguiu Santiago, um pouco tonta. Salas enormes, algumas em dois ambientes, a maioria delas pintada de um branco estonteante. Telas enormes e desconcertantes de arte moderna, cascatas de flores em imensos vasos de vidro. Tanta coisa, que era demais para apreender.

— Isso é muito legal — disse Roz enquanto seguia Santi até a cozinha de ponta.

Santi pegou uma garrafa de champanhe em uma geladeira grande o bastante para abrigar um quarto da carne de um boi inteiro.

— Eu queria fazer uma surpresa; eu sabia que você ia adorar. Pertenceu a um designer muito famoso. Tem sete quartos, todos suítes.

Ele estava começando a soar como um corretor de imóveis. Roz voltou para a sala principal enquanto Santiago abria a garrafa de champanhe.

O lugar *era mesmo* lindo, mas de um jeito frio, quase clínico e, pelo menos para Roz, não parecia uma casa.

Ela ficou parada olhando uma das esquisitas telas modernas, tentando entender o que ela significava ou se tinha sido pendurada do lado certo, enquanto Santiago vinha com duas taças de champanhe espumando.

— Muitos dos objetos dentro da casa e toda a mobília foram desenhados pelo cara que era dono daqui. — Ele olhou a nova casa. — Você gosta?

— Er... Não sei o que dizer — disse Roz, enquanto pegava a taça oferecida por Santiago. Ele não captou a ironia na voz dela; estava tonto de empolgação e quase explodia de orgulho.

Roz ergueu a taça e se uniu a Santi no brinde à nova casa, tentando desesperadamente gostar dela tanto quanto ele.

Santi tomou um gole rápido do champanhe e depois olhou o relógio.

— Preciso ir. Vejo você depois do treino. Tem um molho de chaves para você na cozinha, então, fique à vontade... sinta-se em casa. — Ele lhe deu um beijo rápido e depois correu. Roz suspirou e tomou o champanhe. Ela olhou para a pintura moderna de novo e concluiu que, o que quer que significasse, aquilo estava olhando para ela. E ela não gostou disso.

O lugar era tão silencioso, mais parecia um museu do que uma casa. Roz subiu ao segundo andar para ver mais de perto o *Palacio de Muñez*. Na suíte master, ela ligou a TV antes de continuar o passeio. O som de outras vozes era reconfortante, mesmo vozes da televisão falando em espanhol.

Depois de ver as outras seis suítes, Roz encontrou o caminho de volta seguindo o som da televisão. Um programa de variedades estava a todo vapor, mas Roz nem olhou para a tela enquanto via o maior e mais pródigo banheiro de todos.

Foi só quando saiu e ouviu o nome Santiago Muñez que ela olhou a TV. Duas apresentadoras discutiam a partida da noite anterior e Roz parou de repente ao perceber quem era uma da apresentadoras — Jordana.

Roz pegou o controle remoto e apertou com violência o botão de desligar.

Era outra visita curta. Roz trocara de turno com outra enfermeira para poder viajar e, na véspera de sua volta a Newcastle, saiu da casa nova numa tentativa de se familiarizar mais com Madri.

Ela não estava se adaptando muito bem ao novo estilo de vida. Era ótimo para Santi; ele tinha o futebol, os amigos, os colegas de time. Roz só tinha Santiago; o trabalho, os amigos, tudo que ela conhecia e gostava estava em outro país.

Mas ela saiu da casa decidida a dar um passeio e aprender mais sobre a cidade. Duas horas depois, estava perdida em um distrito pobre e distante das atrações turísticas habituais, sentindo-se um tanto assustada com alguns olhares hostis que recebia dos moradores.

Ela ficou aliviada quando o celular tocou. Era a mãe, Carol, ligando do cabeleireiro em Newcastle.

Carol adorava a fama que havia conquistado por tabela ultimamente e, depois de um "alô" rápido, certificou-se de que todas as outras clientes do salão soubessem exatamente do que ela estava falando.

— Estou lendo uma revista, querida. Está cheia de fotos da festa de Gavin. Tem uma de você e Santi ao lado de uma foto dos Beckham. Você já conversou com Victoria?

— Não, mãe.

— Ah, é mesmo? — disse Carol, dando a impressão de que Roz e Victoria eram melhores amigas. — David saiu bem na foto. São aqueles sapatos novos que você está usando aqui?

— São, mãe.

— Eles ficam ótimos com a bolsa.

— Obrigada, mãe.

No salão, Carol olhava todas as fotos de perto. Ela falou num tom mais baixo.

— Uma coisa, Roz, querida.

— Sim, mãe?

— Você podia usar um spray bronzeador.

Quando encerrou a chamada, Roz estava se sentindo ainda mais deprimida. Ela voltou ao centro da cidade e pegou uma rua movimentada, onde teve que esperar o sinal de trânsito fechar para atravessar um cruzamento.

Ao se virar para prestar atenção nos carros que vinham, uma bicicleta motorizada passou em disparada e o jovem piloto rapidamente estendeu a mão e pegou a bolsa de Roz, quase atirando-a no chão.

Antes que ela conseguisse sequer gritar, a bicicleta tinha desaparecido. Roz se virou e olhou para os outros pedestres que esperavam para atravessar a rua. Ninguém disse uma palavra.

Santiago estava vendo televisão. Entediado. Ele teve um bom dia de treino, Van Der Merwe elogiara seu compromisso e o ritmo de trabalho e ele chegou em casa sentindo-se bem, pensando que logo teria sua chance de ser titular.

Ao estacionar o Audi, viu Roz sentada do lado de fora da casa, impedida de entrar, porque as chaves tinham sido roubadas junto com a bolsa.

Desde então, eles passaram algumas horas complicadas e agora Roz estava sentada na longa mesa de jantar, cercada de livros de medicina e pastas cheias de anotações enquanto estudava para os exames que se aproximavam.

Santi desligou a TV e foi até Roz, ainda com o controle remoto na mão. Ele parou atrás dela e colocou o controle na mesa, olhando as fotos vívidas de feridas infectadas e lesões nos livros didáticos.

Ele fez uma careta — não era exatamente o tipo de foto que estimulava uma noite romântica —, se curvou para a frente e deu um beijo no pescoço de Roz.

Roz continuou com suas anotações.

— Preciso estudar, Santi. Esta é a chance de me especializar em enfermagem de centro cirúrgico. Não quero ficar na enfermaria para sempre.

Santiago pegou o livro e o fechou.

— Você pode estudar no avião amanhã.

— Preciso fazer isso agora — disse Roz, abrindo o livro de novo. — E estou cansada.

— É, eu também — disse Santi. — Mas só vou ver você daqui a duas semanas.

Roz respirou fundo, pegou o controle remoto da TV na mesa e apertou o botão de ligar. Olhou para Santiago e passou o controle a ele.

Roz estudou até tarde — suas viagens a Madri estavam atrasando sua preparação para as provas. Quando acordou na manhã seguinte, virou-se na cama e viu que Santiago não estava mais lá.

Ela vestiu a camisola e desceu à cozinha para pegar suco de laranja na geladeira.

Na porta da geladeira havia um bilhete, preso por um ímã com o logo do Real Madrid.

Dizia:

Fui treinar. Um motorista a pegará ao meio-dia. Tenha um bom vôo, eu ligo para você mais tarde. S

Roz suspirou e abriu a porta da geladeira.

Treze

No Real Madrid, tudo é baseado numa preparação meticulosa. Mesmo quando a partida é no Bernabéu, o time se reúne em um hotel de luxo da cidade na véspera do jogo para passar a noite.

O dia seguinte é dedicado a uma preparação gradual para a partida. Refeições leves, discussão tática com a equipe técnica e muito relaxamento antes que o técnico leve todo o time pela curta distância até o Bernabéu para o jogo.

É parecido com o procedimento de um time inglês para uma final da FA Cup. A diferença é que o Real faz isso em cada jogo.

Santiago estava relaxando na hidromassagem do hotel com os companheiros Casillas, Gravesen e Guti. Gavin havia acabado de sair da piscina e colocava um roupão branco atoalhado.

Enquanto os outros batiam papo e brincavam, Gavin colocou a mão no bolso do roupão e pegou um de seus celulares. Digitou um número e a chamada foi atendida rapidamente.

— Alô?

— Oi, Jordana. Está ocupada?

A apresentadora de TV reconheceu de imediato o sotaque inglês.

— Gavin. Você sabe que sempre tenho tempo para você.

Gavin olhou os outros jogadores rindo na hidro.

— Estou enlouquecendo aqui. Parece um presídio cinco estrelas, cheio de marmanjos. Quer vir ficar aqui comigo? É uma pena desperdiçar uma cela legal como essa.

Jordana riu.

— Eu adoraria, Gavin, mas não tenho tempo. E você precisa descansar, precisa fazer gols hoje à noite.

Desta vez foi Gavin que riu.

— Foi por isso mesmo que liguei para você.

O fora de Jordana foi afiado como uma navalha.

— Gavin, querido, seu problema não é fazer gol *fora* do campo.

Gavin pestanejou; ele tinha feito papel de otário e estava tão ciente quanto todos de que precisava desesperadamente marcar um ou dois gols — e logo.

Alguém na hidro contara uma piada e os outros estavam rindo.

— O Muñez está com você? — disse Jordana ao telefone.
— Está.
— Deixa eu falar com ele.

Jordana certamente tinha coragem; Gavin quase que riu diante de seu atrevimento. Ele olhou para Santi e estendeu o celular.

— Alguém quer te dar uma palavrinha.

Gavin jogou o telefone, pegando Santi de surpresa. Ele tentou agarrar mas errou, e o celular ficou a centímetros da banheira borbulhante quando os reflexos rápidos de Casillas o salvaram de um afogamento.

O goleiro espanhol colocou o telefone na orelha e ao falar adotou o pior sotaque americano que qualquer um deles ouvira na vida.

— Oi, gata, aqui é o Santi. O que está pegando, docinho?

Os outros acharam hilário e até Gavin sorriu, mas Santiago arrancou o celular das mãos dele.

— Alô?
— Oi, Santi, é a Jordana, da festa do Gavin.

Santiago dificilmente esqueceria aquele primeiro encontro.

— Ah, oi.
— Meus produtores estão muito animados para levar você no programa. Eu disse a eles que você faria isso como um favor pessoal. Eu sabia que você não ia se importar.

Os outros jogadores viam e ouviam com atenção, tão interessados quanto Jordana na resposta de Santiago.

Quando eles saíram da hidro, Santiago já tinha sofrido uns dez minutos de gozações inocentes. Eles foram para o chuveiro, onde Ronaldo já estava debaixo de um jato de água quente. O brilhante brasileiro ouviu com um sorriso quando a história do celular foi contada novamente.

Gavin, Santi e Gravesen estavam apenas com toalhas enroladas na cintura e chinelos nos pés quando entraram juntos no elevador para voltar aos quartos.

Santiago não percebeu o olhar que Gavin e Gravesen trocaram enquanto Gavin apertava o botão do elevador.

O elevador andou e depois parou com o tinido familiar à medida que as portas se abriam. Os olhos de Santiago se arregalaram; tinham parado no saguão do hotel.

No segundo seguinte ele sentiu a toalha em sua cintura ser arrancada e Gavin e Gravesen o empurraram do elevador, enquanto Gavin apertava o botão novamente.

As portas estavam quase fechadas quando Santiago voltou e viu os companheiros de time sorridentes acenando para ele.

— *Adios, amigo* — sorriu Gavin pouco antes de as portas se fecharem e o elevador começar a subir.

Todos no saguão do hotel ficaram imóveis. Recepcionistas e hóspedes encaravam o jovem completamente nu que tentava desesperadamente esconder seu constrangimento com uma das mãos na frente e a outra atrás. Ele queria correr, mas não havia para onde; queria se esconder, mas não havia lugar; e assim ele só ficou parado ali, congelado como uma estátua, com um sorriso doentio no rosto.

Ficou ainda pior quando o técnico do Madrid Van Der Merwe entrou no saguão, vindo da rua. Ele viu Santiago de imediato — era difícil não perceber — e virou-se para encarar o jovem jogador.

Van Der Merwe já havia visto a velha brincadeira de "deixar nu no elevador" muitas vezes.

— Parece que você esqueceu alguma coisa, Muñez.

Santiago engoliu em seco.

— Sim, chefe.

Santiago estava desesperado para cobrir seu constrangimento e começou a apertar os botões do elevador.

O técnico o observava, completamente sério.

— E, Muñez?

— Sim, chefe?

— O que é que eu sempre digo que mais importa?

Santiago pensou por um momento antes de responder.

— Dignidade, chefe. Dignidade.

Van Der Merwe assentiu e depois se afastou. Santiago não viu o leve sorriso em seu rosto.

Todo artilheiro passa por fases em que os gols não aparecem. Um período de vacas magras, uma seca. Acontece com os melhores e, quando acontece, só o que o jogador pode fazer é levantar a cabeça e seguir em frente.

Mas às vezes nem isso funciona. O jogo de um artilheiro é baseado no instinto, em sentir naturalmente o momento de avançar, de dar o chute, de saltar para cabecear. Quando tudo sai bem, pode ser quase fácil, ou no mínimo pode parecer fácil para os torcedores.

Mas quando dá errado, quando os gols não acontecem, quando o artilheiro precisa *se esforçar* muito, pode ser constrangedoramente doloroso de assistir, e o atacante famoso de repente parece um novato desajeitado.

Técnicos e companheiros de equipe tentam fazer o máximo, dizendo que o artilheiro é "um jogador do time que ajuda os outros a fazer gols" e falam de "sua contribuição geral para o jogo", mas isso não ajuda em nada o jogador. Ele sabe. Ele tem que fazer gol. É só isso que importa. Gols.

Gavin estava nas profundezas mais sombrias de uma fase estéril de gols. Era falta de sorte dele; ele via a bola bater no travessão, ou quicar nas traves ou bater na rede pelo lado de fora. Os goleiros faziam defesas espetaculares; os zagueiros provocavam impedimentos dramáticos, deixando Gavin desesperado e, às vezes, perguntando-se se um dia ia voltar a colocar a bola na rede. Mas tinha que conseguir. Não importava como, se com os pés, de cabeça, de joelho, de peito, do jeito que fosse possível. Um gol de sorte, um gol por acaso, podia até pegar o rebote de alguém, desde que o gol fosse creditado a ele.

Mas esse gol não vinha. Ele sabia muito bem que estava se esforçando demais, sabia que seu jogo estava se deteriorando, que estava se tornando quase constrangedor. Mas um gol — só um — podia mudar tudo.

O jogo da Liga dos Campeões era contra os noruegueses, o Rosenberg. Eles não eram moleza mas, pouco antes do intervalo, depois de Gavin ter sofrido uma falta junto à grande área, David Beckham fez um gol com a bola em curva, sua marca registrada.

Os visitantes reagiram logo depois do intervalo e a partir de então os dois times tiveram suas oportunidades, e várias jogadas do Real sobraram para Gavin. Não eram muito boas, é verdade, mas em um bom dia ele teria aproveitado cada uma delas. Porém suas tentativas hesitantes mal criaram problemas para o goleiro do Rosenberg.

Sua infelicidade era aumentada pelas vaias que começavam a soar de algumas partes do Bernabéu sempre que ele pegava a bola.

Depois veio outra chance, a melhor de todas. Gavin ficou temporariamente sem marcador dentro da área enquanto recebia um lançamento de Guti. Ele só precisava girar e chutar uma bola baixa com força. Tinha feito a mesma coisa milhares de vezes — era fácil.

Ele girou, chutou uma bola forte e baixa e depois viu a bola errar o alvo por pelo menos um metro.

A multidão gemeu, as vaias ecoaram pelo estádio e, quando o quadro de substituição foi erguido exibindo seu número, Gavin não ficou nem um pouco surpreso. Enquanto tomava seu lugar no banco, não houve nem olhar de raiva para Van Der Merwe. Gavin sabia que o técnico estava certo; ele merecia ser retirado de campo.

A alegria de Santiago foi tão intensa quanto o desespero de Gavin. Ele ia entrar, com mais tempo do que o de costume para contribuir com o jogo. Havia tempo para se adaptar, para encontrar ritmo, para mais do que um prodígio que atuava por apenas 10 minutos.

Santiago se sentia confiante, talvez um pouco confiante demais. Ele recebeu a bola perto da linha intermediária em um contra-ataque do Real. Havia três companheiros de time em excelentes posições, mas em vez de fazer um passe simples, ele decidiu correr para o zagueiro, aproximando-se dele.

Foi uma má decisão. O zagueiro ágil roubou facilmente a bola de Santiago e lançou uma bola longa e promissora para o gol do Real.

A defesa do Real foi pega no contrapé com o contra-ataque do Rosenberg e só uma defesa surpreendente de Casillas evitou que os visitantes conseguissem o que queriam.

No banco, Van Der Merwe gritou furioso:

— Muñez! Abre o olho! Passa a bola!

Pela primeira vez, Santiago viveu o desprazer dos madrilistas quando as vaias vieram das arquibancadas. Seu capitão,

Raúl, caminhando subjugado, a cabeça baixa, voltou ao círculo central e explicou, em frases curtas e afiadas, exatamente o que se esperava dele.

O jogo recomeçou e Santiago lembrou a si mesmo que fazia parte de uma equipe. Aos poucos se sentiu mais à vontade no padrão de jogo. Fez alguns bons passes e começou a tabelar com Ronaldo, mas a torcida estava ficando impaciente pelo gol da vitória.

Ele veio quando restavam apenas segundos de jogo.

Santiago era o jogador do Real mais à frente quando recebeu uma bola de David Beckham.

Desta vez, ele não teve alternativa; tinha que tentar o gol. Ele driblou um zagueiro e depois passou com elegância por mais dois. Só havia o goleiro a derrotar e, ao avançar com velocidade, Santiago calmamente mandou uma bola em curva para a rede.

No banco, Van Der Merwe sorriu em aprovação.

— Às vezes você não precisa passar.

Santi tinha conseguido de novo — ele entrara como substituto e marcara o gol da vitória — e enquanto seu nome era entoado repetidamente pela torcida, ele se juntou a Ronaldo e Robinho em um samba de comemoração.

No vestiário, depois do apito final, Van Der Merwe fez uma avaliação pós-jogo que não era nada festiva.

Os jogadores sentaram-se junto de seus armários e ouviram em silêncio enquanto o técnico argumentava com todos eles.

— Vocês assumiram riscos idiotas; podiam ter se livrado deles. Eu lhes disse para controlar o jogo, para fechar quando necessário, mas em vez disso vocês cometeram uma montanha de erros impensados.

Ele se interrompeu por um momento enquanto os jogadores pensavam em suas palavras.

— Tivemos sorte hoje à noite, mas se jogarmos esse futebol de segunda contra o Milan, ou o Liverpool, ou o Chelsea, eles vão acabar com a gente.

Alguns jogadores trocaram olhares; eles venceram a partida, certamente mereciam algumas palavras de elogio.

Van Der Merwe percebeu rapidamente o estado de espírito.

— Dito isto, foi um bom resultado. E por isso, meus parabéns.

Mas a bronca do vestiário não havia acabado, pelo menos para um jogador. Os olhos de Van Der Merwe pousaram em Gavin.

— A não ser por você, Harris. O que está havendo? Quando que você vai fazer algum gol para mim de novo?

Gavin sentiu o rosto se avermelhar enquanto os companheiros de time desviavam os olhares de constrangimento. Mas ele era homem suficiente para assumir a culpa. Ele olhou para Van Der Merwe e falou em voz baixa.

— Neste momento, não parece funcionar, chefe. Agora, neste momento, eu sou um péssimo jogador.

O técnico assentiu, surpreso com a franqueza inesperada de Gavin.

— Bom, eu admiro sua honestidade, mas queria que me dissesse isso antes de eu ter contratado você.

Nem Santiago conseguiu encontrar palavras para reconfortar seu amigo. E, além disso, ele tinha o próprio desempenho e seu próprio lugar no Real com que se preocupar.

Os jogadores de futebol podem ser egoístas — de certa forma, eles precisam — e as oportunidades têm de ser aproveitadas quando surgem. Enquanto deixava o vestiário e ia para a saída dos jogadores, Santiago encontrou Van Der Merwe indo na direção contrária. O técnico assentiu ao passar por ele, mas Santiago tinha algo a dizer.

— Treinador?

Van Der Merwe parou e se virou.

— Sim, Muñez?

Santiago estava nervoso, mas decidido a dizer o que queria.

— Eu estou mais preparado do que nunca. Estou marcando, eu me sinto ótimo.

O técnico nada disse — não estava facilitando as coisas —, então Santiago teve que continuar. Ele respirou fundo.

— Acho que estou pronto para jogar dois tempos inteiros.

Pronto, tinha dito; ele tinha feito sua defesa e Van Der Merwe o olhou de perto.

— Quando você estiver pronto, Muñez — disse ele devagar e categoricamente —, eu lhe prometo que será o primeiro a saber.

* * *

MUÑEZ — O SUPER-RESERVA

Santiago não era o primeiro jogador a receber esse título nas manchetes dos jornais e não seria o último, mas a imprensa de Madri parecia muito feliz em fazer dele o mais recente receptor da honra.

Enrique estava sentado no bar com a última página do jornal virada para o balcão em sua frente, enquanto ele e alguns fregueses assistiam a uma reprise do gol-sensação da noite anterior.

O adolescente devia estar trabalhando, limpando, fazendo as tarefas que rotineiramente tinha de fazer. O pai, Miguel, veio da sala dos fundos do bar e fechou a cara quando viu o filho olhando para a TV.

— Enrique — gritou ele —, vá limpar os cinzeiros.

Enrique nem desviou os olhos da televisão ao responder.

— Estou vendo o jogo.

Foi a resposta errada. Miguel veio como um furacão e desligou o aparelho. Encarou Enrique.

— Quando eles te pagarem para ver TV, você terá uma grande carreira. Até lá, arregace as mangas e vá sujar as mãos.

Ele saiu num rompante, deixando Enrique sem graça e os fregueses se perguntando se estava na hora de ir a outro bar para assistir às reprises das entrevistas pós-jogo.

Quatorze

Roz estava no trabalho; o dia não foi dos melhores. Ela estava no intervalo, imersa em pensamentos sentada na escada da saída de emergência junto à enfermaria tomando uma reconfortante xícara de chá.

Seu celular tocou e ela viu que era Santiago. Ela abriu o aparelho e atendeu à chamada, tentando parecer mais animada do que se sentia.

— Oi, Santi.

Ela podia ouvir o ronco de um motor e a voz de Santiago.

— Você não vai acreditar no que acabei de comprar para nós.

Roz não conseguiu deixar de suspirar.

— Vai em frente.

— Adivinha.

— Eu não sei, Santi.

Santi não pegou as vibrações que vinham pelo telefone.

— Ah, vamos lá, Roz.

— Eu não estou com humor para joguinhos, Santi.

Santiago obviamente estava: ele buzinou.

— Um Lamborghini.

Roz não disse nada.

— É branco. Conversível. *Tão* bacana!

Ainda não houve resposta. Roz tomou um gole do chá, enquanto Santiago, ao volante do novo brinquedo, esperava ouvir uma resposta empolgada. Mas ela não veio.

— Roz?

— O sr. Ives morreu hoje de manhã — disse Roz baixinho.

Houve uma ligeira pausa antes de Santiago falar.

— Você devia ter me contado.

— Você não perguntou.

— Olha, eu sinto muito pelo sr. Ives, Roz, de verdade. Eu sei que você... Ele era um cara legal. Eu só queria dividir a novidade; achei que podia iluminar o seu dia.

Roz sacudiu a cabeça quando respondeu.

— Meu dia está extremamente escuro agora. Eu ia ligar para você, só para ter com quem conversar. Mas não queria deixá-lo para baixo também.

— Eu lamento.

As portas de vaivém para o corredor se abriram e uma das colegas de Roz enfiou a cabeça pela fresta e, com um sinal, avisou que ela precisava voltar à enfermaria.

Roz assentiu.

— Preciso ir — disse ela ao telefone, e desligou.

O dia não ficou melhor. Foi um turno longo e difícil, e quando voltou para casa naquela noite Roz se sentia ainda mais deprimida. E um tanto quanto culpada. Que motivo ela tinha para reclamar? Possuía uma casa adorável em Newcastle e uma mansão imponente em Madri. Ela devia se sentir ótima. Com sorte. Privilegiada. Até grata.

Mas não se sentia assim. Era tudo muito estranho e irreal, e nenhuma das duas casas parecia verdadeiramente um lar. Ela decidiu tentar sair da depressão fazendo alguma coisa positiva; um pouco de terapia faça-você-mesmo talvez ajudasse. Tinha a tinta que escolhera para a sala de estar há séculos. Agora era a chance de atacar as paredes.

Quando sua mãe, Carol, chegou algumas horas depois, Roz já havia coberto os móveis e o carpete com capas e estava envolvida na pintura da primeira parede.

Carol não se ofereceu para ajudar. Tinha feito o cabelo novamente e estava usando um novo par de botas de pele de cobra.

Ela ficou parada na beira do sofá coberto, olhando a filha pintar a parede.

— Você sabe que pode pagar alguém para fazer isso. Um profissional.

Roz continuou a mover ritmadamente o rolo de tinta para cima e para baixo.

— Eu gosto disso; faz com que a casa fique mais parecida com um lar.

Carol suspirou. Apreciava seu novo status de sogra glamourosa de um jogador de futebol famoso e não queria que ele fosse ameaçado. E além disso, amava a filha e gostava enormemente de Santiago, famoso ou não. Carol não queria que o relacionamento dos dois acabasse, mas sabia que as coisas não estavam indo bem.

— Roz, meu bem — disse ela delicadamente —, a cabeça de Santi deve estar com milhões de coisas diferentes, agora que ele está em Madri. Você devia ser uma delas, e a mais importante.

— Mas eu preciso ficar aqui — disse Roz, trabalhando mais rápido com o rolo. — Precisam de mim no hospital, e todos os meus amigos estão aqui. E mesmo que eu estivesse em Madri, não poderia vê-lo. Ele fica em hotéis com o time durante metade da semana.

— Não tem sentido ter essa casa de classe se só você mora nela, é o que eu penso, querida. — Carol se levantou e atravessou a sala. Ela pegou o rolo de tinta da mão de Roz e virou a filha para que a olhasse nos olhos. — Estou falando sério, meu bem. São só algumas centenas de quilômetros até Madri, mas se você permitir, isto se transforma num mundo de distância.

Ela sorriu e Roz também, sentindo-se feliz que a mãe estivesse ali para conversar com ela.

Depois Carol teve uma sensação úmida e fria na mão direita. Ela olhou o rolo; a tinta estava escorrendo pelo cabo e caindo em gotas constantes. Carol olhou para baixo e viu a mancha de tinta em suas novas botas de pele de cobra e recuou, apavorada.

Quinze

Situações desesperadas precisam de soluções desesperadas, e Gavin concluíra que esta situação se incluía neste grupo. Treinar nunca foi a parte preferida de sua vida de jogador profissional, mas agora ele estava treinando mais do que nunca.

E não só nas sessões do clube. À noitinha, ele trabalhava como um louco na academia de sua mansão. Levantando peso, fazendo abdominais, correndo quilômetros na esteira, pedalando na bicicleta ergométrica.

Mas, mesmo em casa, enquanto pedalava e via o programa sobre futebol na TV da academia, não conseguia escapar do maldito veredicto dos comentaristas que reprisavam e discutiam suas muitas oportunidades perdidas de gol.

Gavin fez uma careta e pedalou com uma fúria ainda maior.

No dia seguinte, no treinamento oficial, ele jogou uma partida de treino como se fosse uma final da copa do mundo.

Perseguindo cada bola, mergulhando em carrinhos com o entusiasmo de um estudante.

Ele estava quase gostando, lembrando-se de que foi assim que começou a jogar, até levar um carrinho e cair num baque. Enquanto ficou deitado no chão, a lembrança de mil carrinhos parecidos inundou sua cabeça.

Os artilheiros se acostumam a apanhar mais do que os jogadores de outras posições; faz parte deste território. Isso não significa que os carrinhos doam menos e, aos poucos, mas impiedosamente, todos os carrinhos cobram seu tributo.

Mas Gavin não ia transparecer isso, pelo menos ainda não. Ele só sorriu ao ver Santiago se aproximando. Estendeu o braço para que o jogador mais novo o ajudasse a se levantar.

Depois do treino, Gavin recebeu outra massagem na coxa esquerda. Doía terrivelmente, mas ele tentou ignorar a dor folheando uma revista enquanto o fisioterapeuta trabalhava em seus músculos doloridos.

Gavin virou uma página e viu a frase acompanhada das fotos:

Enquete com os leitores:
MUÑEZ ou HARRIS
— quem deve ENTRAR
EM CAMPO?
VOCÊ DECIDE!

Gavin atirou a revista com raiva na lixeira no canto da sala.

E errou o alvo.

Santiago já estava saindo do complexo de treinamento. O Lamborghini ronronava como um gato satisfeito ao seguir para a rua principal. Ele reduziu até quase parar ao se preparar para seguir o fluxo no trânsito quando, de repente, viu um lampejo ao lado do carro e sentiu o golpe de alguma coisa no veículo.

Santiago gritou de choque. Tinha atingido alguém. Ele sentiu o coração martelar e depois suspirou de alívio ao ver um garoto desgrenhado ficar de pé, contornar o carro e se aproximar dele. Ele não fazia idéia de que o "acidente" fora premeditado quando o adolescente enfiou a cabeça pelo vidro aberto.

— Você está bem? — perguntou Santiago.

— Meu nome é Enrique — respondeu o adolescente, em espanhol. — Eu sou seu irmão.

— Como é? — disse Santiago, completamente confuso. — Do que está falando?

— Minha mãe foi casada com o seu pai, Herman Muñez. Na Cidade do México.

Santiago ficou imóvel, a boca aberta, a mente disparando.

— Eu tenho provas — disse o menino.

Ele sacou uma velha fotografia do bolso, empurrou pela janela e, como Santiago não a pegou, largou no colo dele.

Era muita coisa para Santiago absorver e ele sentiu o pânico começar a crescer. Engrenou o Lamborghini, viu o espaço no trânsito e partiu num rugido, deixando o menino olhando o carro enquanto desaparecia em uma nuvem de pó.

Santiago dirigiu rápido. Rápido demais. Estava suando, respirando com dificuldade, sentindo um aperto no peito. Ele pegou o inalador e aspirou uma dose. Roz. Tinha que conversar com Roz; ela diria a ele o que fazer, como reagir.

Ele pegou o celular e apertou o botão de discagem rápida para a casa de Newcastle. O telefone tocou algumas vezes e depois Santiago ouviu a voz de Roz.

— Desculpe, no momento não podemos atender. Deixe seu recado e...

Santiago apertou "terminar chamada" e largou o telefone. Pegou a foto que ainda estava no colo.

Era uma mulher. Cabelo escuro. Olhos escuros. Mas será que era possível, será que realmente era... A mãe dele? Agora. Depois de todos esses anos.

Ele atirou a foto no banco ao lado, reduziu a marcha e partiu com o carro.

Quando parou o Lamborghini no estacionamento do local onde seria filmado seu primeiro comercial de TV, Santiago ainda se sentia confuso, assustado, ameaçado e decididamente com raiva. O carro parou numa derrapada e enquanto Santi abria a porta, o produtor do comercial veio andando de um caminhão de bufê.

— Santiago — sorriu ele. — Fico feliz que esteja aqui. Estamos prontos para começar.

A habitual atitude tranqüila e simpática do jovem jogador tinha desaparecido.

— Quanto tempo isso vai durar? — rebateu ele.

O produtor ergueu as sobrancelhas e indicou o caminho, ainda sorrindo mas pensando consigo mesmo que ali estava outro jogador jovem que crescia rápido demais para suas chuteiras.

E demorou muito mais tempo do que Santiago imaginara. Talvez fosse por sua atitude; ele estava carrancudo e pouco cooperativo desde o início, mas era tudo muito diferente e novo para ele.

O cenário e o figurino não ajudavam. Santi estava em uma imitação de sala japonesa, com seus painéis, árvores e montanhas ao fundo. Estava vestido num quimono laranja e usava uma bandana. Sufocando sob o brilho dos refletores, ele se sentia um completo idiota. Devia dar a impressão de que adorava o gosto de "Total Tofu", mas depois de 26 tomadas parecia que iria morrer se colocasse aquela coisa na boca mais uma vez.

A mente de Santiago estava cheia de imagens do menino na janela do carro e da foto, que ainda estava no banco do carona. Ele ouviu alguém gritar, "rodando", e um jovem bateu uma claquete bem perto de seu rosto e disse, "Tomada 27", antes de se afastar.

O set ficou completamente silencioso, e o diretor, parado atrás da câmera, olhou para Santi e disse, "E... ação, Santiago".

Santiago estava segurando hashis, e na mesa havia um prato de "Total Tofu". Santi ergueu um pequeno punhado na boca, mastigou por alguns segundos, baixou os hashis e deu um sorriso meloso para a câmera.

Depois disse as palavras que, após 26 tomadas, estavam impressas em seu cérebro.

— É por isso que prefiro Total Tofu, sempre. Total Tofu, um superalimento para um super-reserva!

Ele sustentou o sorriso meloso pelo que pareceram horas agonizantes até ouvir o diretor gritar, "Eeeeeee... Corta! Adorável. Ótimo".

Santiago cuspiu o resto do tofu meio comido em um balde que não ficava à vista, pensando que aquela fora a última vez.

Depois o diretor gritou novamente, "Vamos fazer mais uma".

Era mais do que Santiago podia agüentar. Ele se levantou da mesa, encarou o diretor e marchou em direção à sala de maquiagem.

O produtor virou-se para o diretor e suspirou.

— O que é que sempre dizem mesmo? Nunca trabalhe com crianças ou animais... Nem jogadores de futebol!

Santiago sentia-se perturbado enquanto levava o celular à orelha e esperava que a chamada fosse atendida.

— Anda logo, atende. Atende.

Em sua oficina em Newcastle, Glen ouvira o celular tocar e estava limpando as mãos em um trapo sujo de graxa ao ver o nome de Santiago na tela. Ele atendeu.

— Santiago!

— Assim *não* dá, Glen! — gritou Santi ao telefone. — Essa gente está me deixando maluco.

— Quem, filho? — disse Glen, confuso.

— Esse comercial. O David Beckham fez o da Gillette, e eu faço o de uma porra de um tofu!

Glen estava com seu humor habitual, filosófico.

— É um bom dinheiro, Santi. E precisamos começar por algum lugar.

— Mas é um nojo. Olha, por que não experimenta comer essa coisa por cinco horas seguidas? Dá um tempo.

— Santi, vou conversar com...

— É melhor mesmo, Glen! — gritou Santiago e bateu o telefone.

Glen olhou o aparelho, desnorteado. Alguma coisa estava errada. E era grave.

Dezesseis

O Lamborghini parou cantando pneu na frente da casa; se continuasse assim, ia precisar de um novo jogo de pneus antes que o painel indicasse mil quilômetros rodados.

Santiago saiu do carro e caminhou em direção à porta da frente da casa, a respiração curta e o peito oprimido. Ele entrou, aspirando outra dose do inalador contra asma; tinha usado muito dele nas últimas horas.

Estava prestes a acender as luzes da área de jantar quando viu as velas na mesa. E não só velas; a mesa estava posta para o jantar, para dois.

Ele parou e olhou, e depois ouviu uma voz vindo da cozinha.

— Espero que esteja com fome.

Roz apareceu, segurando uma espátula e sorrindo.

— Fiz seu prato favorito.

Foi outra surpresa. Um choque. Ele não fazia idéia de que Roz pretendia visitá-lo, mas desta vez Santiago não podia ficar mais contente. Ele correu e a abraçou.

— Não sabe como estou feliz em ver você.

Rapidamente, ele despejou a história: o menino no carro, a foto e a sensação de pânico que Santi combatia desde então. Roz ouviu cada palavra e olhou brevemente a foto, depois sugeriu que talvez eles devessem comer para que Santi pudesse se acalmar antes de decidirem o que fazer.

Santi concordou, balançando a cabeça.

— Ótimo — disse Roz sorrindo. — Eu vim de muito longe para preparar esta refeição.

Foi uma boa sugestão. A comida estava ótima e algumas taças de vinho também ajudaram. Enquanto comiam, Santiago descreveu a agonia de fazer o primeiro comercial de televisão.

E ao relaxar, conseguiu ver o lado engraçado de tudo aquilo.

— Está tão bom — disse ele, terminando o último pedaço de frango preparado por Roz.

— É, eu lamento que tenha sido frango, mas nenhuma loja tinha tofu.

Santiago reagiu com um pavor fingido e depois seus olhos pousaram na foto em cima da mesa, entre eles.

Roz a pegou e a analisou mais de perto

— O menino disse mais alguma coisa?

— Não sei. Quando ele atirou a foto para mim, fiquei tão apavorado que arranquei com o carro. Eu mal conseguia respirar.

— Mas você sempre disse que queria encontrá-la.

— Eu sei, mas não posso lidar com isso agora. Na minha cabeça, ela se foi para sempre.

Roz assentiu e devolveu a foto à mesa.

— Ela é mesmo parecida com você.

"Talvez", pensou Santiago, enquanto olhava os olhos escuros que pareciam encará-lo. Mas havia um jeito de ter certeza.

Na casa de Los Angeles, a avó de Santiago, Mercedes, olhou a foto impressa que o neto havia enviado para ela por e-mail. Ela temia este momento há muito tempo.

Ela pegou o telefone e discou o número.

Roz estava na cama, dormindo, mas Santiago ainda estava no andar de baixo, olhando a televisão sem prestar atenção. Ele não conseguiria dormir até que aquilo fosse resolvido.

Ele pegou o telefone ao primeiro toque.

— *Sí?* — disse ele em voz baixa.

— Santiago, onde conseguiu essa fotografia?

— É ela, vó?

Houve silêncio por alguns momentos, o que só confirmou o que Santi já havia passado a acreditar durante aquele longo dia e naquela noite.

A avó por fim falou.

— Desde o dia em que você foi para a Espanha, tive medo de que este momento chegasse.

— Você *sabia*! Você sabia que ela estava aqui?

— Eu não podia contar a você, Santiago. Não queria magoá-lo.

Santi andava pela sala, sem querer acordar Roz, mas a voz dele sibilava de raiva.

— Mas ela é minha mãe e você não me contou. Meu Deus, vó, que direito você tem...

— *Direito*! — disse Mercedes, agora também com raiva. — Essa mulher nos deixou, Santiago. Ela simplesmente foi embora e deixou seu pai desesperado. Eu nunca vi meu Herman sorrir novamente; ele ficou vazio por dentro. Ela o magoou muito, Santi, e eu jurei, no dia em que ela partiu, que nunca deixaria que ela magoasse nenhum dos meninos enquanto eu vivesse.

Santiago sentou-se de novo em um dos sofás e tentou falar com mais calma.

— Mas era uma decisão minha, vó. Ela é minha mãe.

— Ela abandonou você, Santiago. Que tipo de mulher faz isso? Que direito ela tem agora de voltar para a nossa vida?

Santiago ficou sentado ali por um longo tempo. Pensando. Imaginando. Fazendo-se perguntas. Tentando arrancar da memória momentos de sua infância. Por fim ele dormiu, mas seus sonhos foram agitados e perturbadores.

Dezessete

Valencia: por tradição, um dos grupos mais fortes da *La Liga* e, com uma campanha mais do que bem-sucedida em andamento, uma prova de fogo para o Real, mesmo jogando no Bernabéu.

Na preparação para a partida, o técnico do Real, Rudi Van Der Merwe, foi pressionado para dar a Santiago um lugar na escalação inicial.

Mas enquanto tomava sua decisão, Van Der Merwe não fazia idéia de que, depois de semanas desesperado por uma oportunidade de jogar 90 minutos, de repente havia alguma coisa, ou alguém, ainda mais importante do que o futebol na mente de Santi: sua mãe.

Durante os treinos, ele fez tudo com motivação e se atirou ao trabalho, mas sem a alegria que sentia nos primeiros meses no clube.

E quando o time fixou residência em um hotel na véspera da partida, ele evitou os companheiros de equipe e não participou de nenhuma brincadeira.

Ao embarcar no ônibus que saía do hotel em direção ao Bernabéu, Santiago sentia-se estranhamente desligado de tudo. Os torcedores se aglomeravam nas ruas ao redor do estádio. Gritando. Cantando. Santiago não ouvia nada.

O ônibus estacionou no abrigo do Bernabéu e à medida que o time saía e seguia rapidamente para as portas de vidro e aço inox que orgulhosamente traziam a insígnia do Real Madrid, Santiago de repente ouviu seu nome sendo gritado de algum lugar na multidão de torcedores que tentavam ver os heróis de perto.

— Ei, Santi! Mano! Sou eu!

Santiago parou. Seus olhos varreram o mar de rostos que gritavam, riam e chamavam. E então ele o viu. Enrique. O adolescente estava olhando de um grupo de fãs, acenando como um louco.

— Preciso falar com esse garoto — disse Santiago a um dos seguranças, apontando para a multidão.

Mas era impossível. O segurança conhecia seu trabalho: tinha que proteger os investimentos de milhões de euros do clube, e não pescar meninos na multidão. E além disso, ele mal podia ouvir o que Santiago estava dizendo. Ele o incitou a seguir em frente e Santiago se viu sendo levado pelas portas e entrando no relativo silêncio do estádio.

A maioria dos jogadores adotava uma espécie de ritual pré-jogo, quer conscientemente ou não. Alguns faziam isso para dar sorte; outros simplesmente porque sempre fizeram. O modo como se despiam, ou como vestiam o uniforme; primeiro a meia direita, ou a esquerda. O modo como amarravam as chuteiras; os exercícios de alongamento que faziam por conta própria; o afago na insígnia do clube na camisa, ou o beijo na gola. A oração silenciosa. Todo time é feito de indivíduos, cada um deles com seu jeito particular.

Os jogadores do Real já haviam se trocado e estavam prontos. Estavam vendo um dos assistentes de Van Der Merwe escrever os nomes da escalação em um quadro.

Ninguém, com a possível exceção do goleiro Casillas, tinha certeza absoluta de ser escalado, e até os *galácticos* respiravam com mais facilidade quando viam seus nomes.

O assistente já tinha quase acabado; o nome a aparecer em seguida devia ser o de Harris. Em vez disso, ele escreveu *Muñez*.

Só um jogador reagiu; Gavin vestiu o casaco e se afastou. Os outros continuaram em silêncio — até o melhor deles já estivera nessa situação.

Santiago não deu sinal de alegria e os companheiros de time provavelmente pensaram que era consideração dele pelos sentimentos de Gavin. Mas não era isso.

Van Der Merwe entrou na sala e foi direto a Santiago.

— Vai entrar no início hoje, no ataque, com o Ronnie.

Santi assentiu inexpressivamente, quase como se estivesse hipnotizado, e Van Der Merwe olhou para ele por alguns segundos, tentando ler seus pensamentos, esperando que a experiência de enfrentar o Valencia não fosse demais para o jovem artilheiro.

Durante o aquecimento, à medida que o estádio enchia, Santiago passou pela rotina. Ele correu e praticou chutes, e até trocou algumas palavras com os outros jogadores. Mas fez tudo isso no piloto automático, como se estivesse em outro lugar. Naquela que seria a noite mais longa de sua vida.

O time titular e os reservas voltaram para o vestiário para a preleção de Van Der Merwe e depois, à medida que se aproximava a hora do pontapé inicial, o capitão, Raúl, começou seu próprio ritual pré-jogo. Vestiu a braçadeira de capitão e deu um beijo na cabeça de cada jogador.

Quando chegou a Santiago, ele plantou um beijo em sua cabeça e depois cochichou:

— Este é o seu momento.

Santiago assentiu novamente. Estava em outro lugar, um lugar muito distante. Ronaldo estava sentado ao lado dele, e nem mesmo o abraço de boa sorte do sorridente brasileiro arrancou uma reação dele.

E então eles estavam a caminho; pelas portas do vestiário até a escada de granito, onde esperavam o juiz e os assistentes. Os jogadores do Valencia saíram do vestiário e alguns assentiram em reconhecimento aos rivais enquanto formavam sua própria fila na escada.

As duas filas de jogadores começaram a se mexer, as travas das chuteiras faziam barulho nos degraus de pedra. Agora havia poucas palavras. Eles passaram pela cobertura azul e saíram para o brilho dos refletores e o rugido de boas-vindas de 85 mil vozes.

As milhares de bandeiras brancas ondulando, os gritos e cantos, o bater de tambores; tudo isso mal era registrado por Santiago enquanto ele tomava seu lugar na fila no círculo central.

Os dois times acenaram para todos os lados do estádio, reconhecendo a admiração, e depois se separaram e correram para suas posições.

Santiago sacudiu a cabeça. Tinha que se concentrar — precisava focalizar a mente e dar tudo de si nos 90 minutos que se seguiriam.

O juiz olhou para os dois assistentes e, enquanto levava o apito à boca, um silêncio repentino caiu sobre o Bernabéu. E então o apito soou.

Os dois times começaram com cautela, e depois de uma abertura do Valencia, Santiago pegou a bola a 35 metros de distância. Conduzia a bola lentamente sob controle e ela foi facilmente roubada por um meio-campo do Valencia.

Santi se virou para recuperá-la. Como a maioria dos atacantes, o carrinho não era seu ponto forte, e o que ele deu por trás foi atrasado, alto e perigoso.

O jogador do Valencia deu um pulo e caiu, e o som do apito do juiz cortou o ar da noite. Todos no estádio sabiam que Santiago estava prestes a receber um cartão; a única questão, para alguns, era de que cor.

Era vermelho. O juiz não teve escolha; foi uma decisão clara. Santiago estava sendo expulso depois de apenas 5 minutos. Ele não saiu do lugar, sem conseguir acreditar no que tinha acontecido. Mas acontecera mesmo. Os protestos do Real e as vaias de todo o estádio foram inúteis.

O capitão do Real Madrid, Raúl, veio até Santiago, colocou o braço solidariamente em seu ombro e assentiu para ele sair de campo.

Ele se obrigou a se mexer, correu para a linha lateral, onde tirou a camisa, e evitou olhar para o banco ao descer pelo túnel.

No banco, Van Der Merwe mal conseguia conter sua fúria, mas tinha que se refrear: precisava tomar decisões. Fez um sinal de cabeça para o assistente Steve McManaman e depois olhou seus reservas.

O Real precisava substituir o poder de fogo que tinha perdido no ataque e, ironia das ironias, Gavin Harris ia entrar, logo depois de perder sua posição.

O homem a dar lugar a ele foi o mestre francês do meio-campo, Zidane. Gavin teria outra chance.

Santi tomou um banho e se vestiu sozinho, sentindo vergonha, remorso, arrependimento; uma balbúrdia de emoções confusas enquanto ele revivia o momento de loucura. Tinha decepcionado a todos: o clube, o técnico, os companheiros — e a si mesmo. Ele só queria se afastar o mais rápido possível do Bernabéu e do ambiente de sua humilhação.

Ele pulou para dentro do Lamborghini, entrou nas ruas escuras de Madri e ligou o monitor de TV do carro. O jogo estava sendo transmitido ao vivo e o Real, com dez homens, defendia-se corajosamente do adversário decidido.

Era difícil acreditar, à medida que seus olhos iam da rua para tela, que ele estivesse assistindo ao espetáculo de que tinha feito parte por aqueles poucos minutos fatídicos.

Gavin jogava como um possesso, fechando no gol e ajudando na defesa, à medida que o Valencia pressionava, atormentava e lutava por um gol esquivo — até agora.

O jogador uruguaio do Valencia, Regueiro, causava grandes problemas pelos flancos e fazia cruzamentos irritantes e maliciosos que seus companheiros de equipe não conseguiam converter, graças em grande parte ao brilhantismo de Casillas no gol do Real.

A saída de Santiago tinha dado a tônica para um embate duro e opressor, mas de algum modo o Real estava segurando.

Parecia que o jogo ia terminar sem gols, mas então, de um cada vez mais raro ataque do Real, a bola chegou baixa à área do Valencia, de um cruzamento na altura da cintura.

Gavin estava junto à área, a seis metros. Ele avançou, cronometrando sua cabeçada perfeitamente, e a bola disparou para a rede.

No carro, Santiago sorriu pela primeira vez naquela noite enquanto o narrador do jogo ficava eufórico com o que chamou de um "grande gol".

No campo, Gavin ainda corria. Ele deu uma cambalhota, ouviu o rugido dos madrilistas e sorriu para o céu noturno.

Os companheiros de time se atiraram sobre ele, primeiro Robinho, depois Raúl, e Gravesen, tirando o que restava do fôlego de Gavin, quase explodindo seus pulmões.

Mas Gavin apenas ria. Estava de volta; o gol finalmente acontecera.

Dezoito

O Buddha Bar era um dos lugares mais badalados da noite de Madri e o preferido de muitos jogadores do Real.

Fica em um lugar nada glamouroso, perto de uma rodovia nos arredores da cidade. Mas os clientes não vão para admirar a paisagem do lado de fora do Buddha; vão para conhecer algumas mulheres.

No interior escuro, várias estátuas de Buda, grandes e pequenas, olham para baixo, com olhos que nada vêem, de cada espaço disponível. Estão empoleiradas atrás do balcão do bar, assomam acima das soleiras das portas e se escondem em alcovas retiradas, refletindo uma aura de tranqüilidade que forma um completo contraste com a energia gerada pelos boêmios no clube.

O lugar pulsa de movimento e eletricidade. No centro da pista, abaixo do brilho penetrante e dardejante das luzes estroboscópicas, centenas de pessoas dançam ao som da batida.

Na galeria acima, grupos se apertam em volta de mesas baixas, tentando em vão se fazer ouvir por cima da música, olhando as roupas da moda dos outros e lançando olhares de inveja para a pequena área VIP cercada, onde seguranças fortões só permitem a entrada de alguns eleitos.

Em toda parte, garçons e garçonetes fazem milagres, evadindo-se e serpenteando entre corpos espremidos, agitando braços e esticando pernas equilibrando em uma das mãos bandejas cheias de copos e garrafas com a destreza de malabaristas de circo. Santiago não se incomodou em ir para a área VIP. Estava sentado junto ao balcão do bar, tomando cerveja, depois de ver o gol de Gavin reprisado em uma das gigantescas telas de TV. O narrador tinha razão — foi um grande gol, e o êxtase no rosto de Gavin quanto a câmera deu um zoom para pegar um close era ainda maior.

Santi ficou satisfeito por Gavin, mas desesperadamente decepcionado por si mesmo. E *consigo* mesmo.

Ao tomar a cerveja, viu a glamourosa Jordana García andando em sua direção.

— Oi — disse ela. — Olá, cabeça-quente.

— Oi, Jordana.

A apresentadora de TV lhe deu dois beijos no rosto e depois foi direto ao assunto.

— O tempo está se esgotando, Santi. Quero entrevistar você no meu programa enquanto você ainda está jogando no clube.

Santiago quase riu.

— Não vai desistir, não é?

— Até que enfim — sorriu Jordana. — Você percebeu.

Eles ficaram sentados conversando por algum tempo e, ao se levantarem, os paparazzi se apertaram na saída, as câmeras posicionadas e prontas.

— Quer uma carona? — perguntou Santiago, esperando que seu carro fosse trazido do estacionamento VIP.

O Lamborghini branco parou e enquanto o manobrista saía e mantinha a porta do motorista aberta, Santiago olhou para Jordana, esperando que ela ficasse impressionada.

— Não, obrigada, eu me viro — ela sorriu. Ela lhe deu dois beijos no rosto e as câmeras dos paparazzi dispararam, e depois sentou-se ao volante do Lamborghini, um carro idêntico que fora estacionado imediatamente atrás do primeiro.

Santiago olhou e depois sorriu ao fechar a porta do carro de Jordana. Ela olhou pelo retrovisor e viu o segundo carro.

— Mas você tem mesmo bom gosto — disse ela pela janela aberta antes de engrenar o carro e sair rugindo na noite.

Dezenove

O sono não veio fácil para Santiago nas noites seguintes. A expulsão o perturbara profundamente, mas não tanto quanto a foto de sua mãe. Era um lembrete constante de que ela estava lá, em Madri; tão perto, e no entanto tão longe, como esteve na maior parte da vida.

Santi perambulou pela enorme casa no meio da noite, tentando imaginar a vida da mãe, perguntando-se se um dia ia conhecê-la. Por fim, caiu exausto em um dos sofás e resvalou para um sono cheio de sonhos.

Roz conseguira alguns dias a mais em Madri, trocando de turno com uma das colegas. Ela nem precisava ter se incomodado. Santi estava distante e calado, embora Roz fizesse o máximo para apoiá-lo.

Santi dormia sonoramente no sofá quando ela entrou e viu, de imediato, a infelicidade estampada em seus traços que, em geral, eram leves.

— Santi... — disse ela delicadamente, mas ele não se mexeu. Roz sabia que ele estava emocionalmente esgotado. Então decidiu deixar que ele dormisse por mais um tempo.

Mais tarde, fez café e preparou croissants e suco de laranja fresco. Ela os arrumou numa bandeja, entrou na sala e colocou a bandeja na mesa de centro.

Santiago ainda estava dormindo. Roz se curvou e o beijou de leve na testa.

— Santi...

Ele não se mexeu.

— Santiago, vamos, está tarde.

Ele abriu os olhos, por um momento sem ver realmente Roz, ou saber onde estava, ou o que estava acontecendo. Sua cabeça ainda estava nos sonhos.

E depois Roz entrou em foco e as palavras dela foram registradas.

— É tarde — disse ela. — E as novidades de sua avó?

Mas de repente Santiago não estava mais pensando na avó, nem na mãe, nem em nada a não ser na hora.

Ele se sentou e virou-se para olhar o relógio na parede. Marcava 12h50.

— *Não!* — murmurou Santi, pulando do sofá.

— Que foi? — disse Roz.

— Por que não me acordou?

— Eu tentei, mas você estava...

— Vou perder o avião do clube — gritou Santiago, correndo pela escada.

Ele voltou em menos de um minuto, com uma bolsa em uma das mãos e o blazer do Real Madri na outra. Pegou as chaves do carro e correu para a porta sem dizer uma palavra ou sequer olhar para Roz.

A porta da frente bateu e alguns segundos depois Roz ouviu o ronco do motor do Lamborghini. E então quem ficou com raiva foi *ela*, furiosa; não merecia ser tratada daquele jeito. Ela pegou a bandeja que preparara com todo amor, atirou-a no chão e marchou para a escada. Já bastava de visita surpresa — ia para casa.

Santiago ligou para se desculpar e se justificar, mas não havia justificativa. Os jogadores simplesmente não perdiam o avião oficial do clube. Nunca.

Depois de Santiago lutar para passar pelo trânsito pesado, conseguir atalhos temporários e encontrar um lugar para estacionar no aeroporto de Barajas, o vôo do time em direção a Trondheim para o jogo de volta da Liga dos Campeões com o Rosenberg já havia partido há muito tempo.

O diretor de relações públicas dos jogadores, Leo Vegaz, dera instruções concisas a Santiago sobre o que ele devia fazer para ir sozinho a Trondheim, quando se falaram ao telefone. Van Der Merwe estava irritado demais até para falar com Santiago.

Ofegante e amarrotado, Santi chegou ao balcão de passagens e jogou seu cartão AmEx platinado.

— Trondheim, por favor — disse ele em espanhol. — Primeira classe.

O funcionário do balcão ergueu as sobrancelhas, como se dissesse, "Vai precisar de sorte, companheiro", antes de responder.

— Um momento, *señor*, vou verificar o que temos disponível.

Era fácil se acostumar com viagens aéreas de primeira classe. Os assentos largos, o espaço extra para as pernas, os comissários de bordo obsequiosos servindo champanhe e canapés.

Santiago não desfrutou de nada disso. Ele andou até o fundo do avião, perto dos banheiros, espremeu-se entre um turista americano grandalhão que usava camisa havaiana e um sombrero, que parecia não tirar para ninguém, e um garoto espanhol de ar confuso que não conseguia acreditar que estava sentado ao lado de um jogador do Real Madrid.

O blazer era o mesmo e o rosto era o mesmo — ele vira vezes suficientes na televisão ultimamente. Mas o que um astro como este estaria fazendo aqui na classe econômica?

Por fim, o garoto decidiu falar com ele. Ele pegou uma caneta e tirou o saco de papel do bolso do assento diante dele e entregou ambos a Santiago, sem dizer uma palavra.

Santiago deu um sorriso fraco e assinou seu autógrafo. Devolveu o saco de papel e a caneta ao rapaz e depois sentiu o americano grandalhão cutucá-lo ao lado.

— Ei — disse o americano, enquanto Santi se virava para olhar. — Você é famoso?

Santi sorriu novamente e sacudiu a cabeça.

Leo Vegaz estava esperando por Santiago quando ele saiu do portão de desembarque do aeroporto de Trondheim em um dia amargamente frio.

— Problemão — disse ele a Santiago, conduzindo-o para um carro que os esperava. — Nenhum jogador jamais perdeu o avião do time.

— Eu sei — suspirou Santi. — Eu sei.

O Rosenberg adquirira um enorme estímulo com seu desempenho no Bernabéu. Eles chegaram tremendamente perto de um empate famoso e agora, jogando em casa e nas condições a que estavam acostumados, pressionariam muito por uma vitória ainda mais brilhante.

A neve caía em grandes flocos, que na luz dos refletores pareciam milhões de mariposas rodopiantes. Fazia um frio terrível. Nas arquibancadas, Glen, vestindo um cachecol e seu casaco mais quente, não conseguia impedir os dentes de baterem.

No banco, Santiago estava sentado com os outros reservas, enrolado em camadas de agasalho da Adidas. Muitos de seus companheiros de time no campo estavam de luvas, lutando contra a temperatura e contra um time decidido a fazer história.

Foi difícil para os jogadores do Real encontrarem seu ritmo normal no ar gelado da noite, em particular para o contingente brasileiro, acostumado a jogar futebol em um clima totalmente diferente. Gavin Harris deu tudo de si, perseguindo a bola, cobrindo mais terreno do que qualquer um ao procurar por um gol que lhe fugia dos pés.

Nos primeiros 45 minutos não houve gol. Gavin fez uma boa tentativa, bem defendida pelo goleiro do Rosenberg, e, no gol do Real, Casillas fez alguns pequenos milagres para frustrar os atacantes.

Na preleção de intervalo, Van Der Merwe sequer olhou para Santiago enquanto estimulava o time a se esforçar mais.

E eles tentaram com mais afinco à medida que o segundo tempo progredia, mas não estava nada fácil.

E então, quando a defesa do Rosenberg se abriu, Guti mandou uma linda bola para Gavin. Ele a levou rapidamente, como era de seu feitio, e deu um chute limpo e poderoso para a rede.

Ela entrou. Ele conseguira; tinha marcado um gol novamente. Ele levantou os braços, dançou de alegria, socou o ar.

Foi então que viu a torcida do Rosenberg apontando para a linha de fundo. Ele olhou para trás e viu o bandeirinha, ainda com a bandeira erguida, e entendeu que o gol fora anulado por impedimento.

Foi por um triz, e as reprises da televisão mostraram que o assistente estava certo, mas Gavin não podia acreditar em sua falta de sorte. Era quase como se estivesse amaldiçoado.

Mas pelo menos colocou a bola na rede. Ele conseguira, ia conseguir de novo, e da próxima vez o gol ia valer.

Nos minutos seguintes, Gavin parecia quase ter redobrado seus esforços, e então, talvez sem surpreender a ninguém, ele parou de repente ao correr atrás de uma bola perdida.

Era cãibra. A velha cãibra. E era forte. Depois de alguns minutos de tratamento, o preparador físico indicou ao técnico que não ia passar facilmente e Van Der Merwe não teve alternativa a não ser tirar o jogador mais dedicado da noite.

Enquanto Gavin mancava para a linha lateral, Van Der Merwe olhou nos olhos de Santiago por um momento e depois assentiu para um dos outros reservas para que entrasse.

Ele olhou para Santi de novo. Não era necessário dizer nada.

O jogo se estendeu a um empate sem gols, e até os jogadores do Rosenberg pareciam estar satisfeitos em sair do campo e voltar ao calor do vestiário e de um banho quente. Ninguém pensou em trocar camisas enquanto corria para o túnel.

Quando foi ao vestiário, Glen encontrou Santiago sentado sozinho no banco atrás dos armários.

— *Buenos días*, garoto — disse ele, conseguindo pouco mais do que um movimento de cabeça em troca.

Ele se sentou ao lado de Santiago.

— Recebi um telefonema. Vai haver repercussão, estão falando de uma multa pesada. — Glen suspirou. — Um dia nada bom para guardar na memória, hein?

Era como se Santiago não estivesse ouvindo.

— Zero a zero e ele me deixa congelando no banco por 90 minutos.

— Ele é o técnico; é o direito dele. Ele está mandando um recado, Santi, e você precisa ouvir.

Santiago virou-se e olhou para seu agente, seu amigo, o homem responsável por dar a ele a oportunidade de transformar em realidade o sonho de toda a vida de ser jogador profissional. Mas tudo isso estava longe de sua mente quando ele falou.

— Não me trate com condescendência, Glen. Estou fazendo comerciais de tofu enquanto você conserta carros em Newcastle.

— Estou só a um vôo de distância, garoto — disse Glen. Ele nunca vira Santiago desse jeito antes. — E eu vim assim que ligaram.

— É, bem que eu precisava de alguém *full-time*, Glen. Em Madri, para me apoiar fora do campo.

Glen podia ver o rumo que a conversa estava tomando.

— Então talvez seja aí que eu saia.

Santiago não respondeu; só encarava o chão.

A discussão não era sobre comerciais de tofu, nem sobre oportunidades que precisavam ser aproveitadas. Glen sabia muito bem disso. Havia algo mais perturbando Santiago — algo que não fora dito e o estava magoando profundamente, algo que o estava obrigando a soltar sua raiva e frustração no amigo mais íntimo, a pessoa que mais o apoiava.

Glen estendeu a mão.

— Foi um ótimo passeio, Santi. Um privilégio.

Santiago pegou a mão de Glen e a sacudiu. Mas não olhou para ele. Não conseguia: os dois sabiam que era o fim.

A decepção e a mágoa apareceram claramente no rosto de Glen enquanto ele se virava e saía. Depois ele parou e olhou para trás.

— Sabe de uma coisa, seu prato ficou cheio muito rápido, garoto. Você deveria prestar atenção no que está caindo pela borda.

Ele se virou e passou pela porta, deixando Santi ainda encarando o chão.

Vinte

Santiago voltou de Trondheim e encontrou a casa terrivelmente vazia. Roz tinha fixado o bilhete mais curto que já escrevera na porta da geladeira antes de sair.

Desde então, Santiago não falou com ela ao telefone. Nem com Glen. Ele não sabia o que dizer a nenhum dos dois.

A cada dia quando chegava dos treinos esperava ver novamente o garoto, Enrique. Havia tanto que ele precisava saber.

Mas se Enrique estivesse ali, Santiago não o teria visto.

E assim ele passou as noites, zanzando pela casa, vendo TV sozinho, pensando em ligar para Roz ou Glen, e depois decidindo não telefonar, e olhando para a fotografia. De sua mãe.

Gavin teve uma noite incrível mas, no que dependesse dele, a noite ainda estava começando.

Ele voltou para sua casa de campo com duas mulheres do Buddha Bar. Eles saíram do carro, rindo, e cambalearam até a porta da frente.

Gavin colocou a chave na fechadura, sussurrando para as meninas num espanhol terrível, e descobriu que a chave não girava. Ele franziu a testa, tirou a chave e a olhou de um jeito acusador, e depois tentou novamente. Ainda não girava.

As mulheres ficavam impacientes; estava frio e suas roupas leves não eram exatamente adequadas para um passeio de madrugada pelo jardim.

Gavin pisoteou o canteiro de flores mais próximo e foi até a vidraça que ocupava a maior parte da sala de estar. Pôs as mãos em concha e espiou. Por um momento, pensou ter sido roubado, mas *tudo* tinha desaparecido. Só o que podia ver eram alguns sacos de lixo pretos, recheados de roupas — as roupas dele.

— Ah, não!

Uma das espanholas deu um tapinha no ombro dele. Ela segurava um envelope que tinha encontrado fixado na base da porta. Gavin abriu o envelope e, olhando bem de perto no escuro, leu a carta que estava dentro dele.

— O que é?

As mulheres o encararam; não era assim que elas esperavam que a noite continuasse.

— Precisamos ir. Onde vocês moram? Tenho que levar vocês para casa.

O inglês delas não era melhor do que o espanhol de Gavin: elas ficaram totalmente confusas. Fazendo sinais com as duas mãos, Gavin as levou de volta ao carro e elas entraram. Ele deu a partida e se afastou rapidamente, ouvindo as mulheres falando alto enquanto tentavam entender o que estava acontecendo.

— Eu fui despejado — disse ele quando teve a oportunidade de falar. — Despejado! Entenderam? Como é que vocês dizem despejado?

As mulheres não entenderam, mas uma delas respondeu a Gavin com algumas palavras, fazendo-o pensar erroneamente que ela sabia do que ele estava falando.

— É, é isso mesmo. Eles retomaram a posse da propriedade, me expulsaram. Eu devo dinheiro. — Ele podia vê-las olhando para ele confusas, então tentou uma mistura de espanhol e inglês. — *Denaro!* Eu não tenho *más denaro! Nada!*

A expressão de confusão das mulheres se transformou em fúria e uma delas começou a gritar em espanhol. Desta vez, ela chegara à conclusão errada.

— Acha que queremos *dinheiro* para ir para a sua casa! Que diabos você pensa que nós somos?

Gavin não entendeu uma palavra, então só esbravejou.

— Meu agente. Barry Rankin babaca. Ele me fez investir em uns vinhedos vagabundos na França para a minha aposentadoria. *Sí? Comprende?* Eu não tenho mais nada! Nada!

— *Pare!* — gritou a mulher, que ainda pensava que Gavin estava falando em pagar a elas pelo prazer de sua companhia.

— Como é? Parar? Aqui? Por quê?

— *Sim*!

O carro parou cantando pneu e as duas mulheres saíram, gritando para Gavin e batendo a porta com tanta força que o fizeram tremer.

À medida que se afastava, ele ainda podia ouvir seus gritos.

Estava quase amanhecendo quando Santiago foi acordado de um sono agitado pelo som da campainha da porta. Ele saiu da cama e, usando só a cueca samba-canção, andou até o videofone e apertou um botão.

A cara sorridente de Gavin apareceu no pequeno monitor em preto-e-branco.

— Tem vaga? — disse ele.

Santiago sabia que depois do incidente em Trondheim e de seus atos vergonhosos na participação relâmpago contra o Valencia, ele teria que trabalhar o dobro para reconquistar a confiança de Van Der Merwe. E antes que pudesse sequer ser considerado para a escalação do time, tinha que cumprir uma suspensão.

Mas sua cabeça não andava nada bem. Enquanto Roz não retornasse seus telefonemas e ele permanecesse rompido com Glen, só havia seu novo hóspede, Gavin, com quem conversar. E embora Gavin fosse ótimo para rir, Santiago não estava com humor para brincadeiras.

Ele teria preferido ficar sozinho, mas não podia rejeitar o amigo. Afinal, Gavin o havia acolhido quando os dois estavam em Newcastle.

Santiago esperava que fosse durar pouco, mas ele não ficou animado quando perguntou a Gavin quanto tempo ele pensava em ficar.

Gavin só deu de ombros e disse:

— Acho que por um bom tempo.

Quando ele passou a explicar a extensão de seus problemas financeiros, graças ao conselho "especializado" de Barry Rankin, Santiago percebeu que ele realmente ia demorar bastante. E Gavin não era um hóspede dos mais fáceis; mais parecia uma criança grande que precisava de muita atenção. Mas pelo menos nunca estava entediado e, por fim, Santiago concluiu que simplesmente tinha que seguir em frente.

Mas a idéia de que sua mãe e o meio-irmão estavam em algum lugar lá fora em Madri estava com ele o tempo todo.

Ele permaneceu discreto nos treinos, dedicando-se ao trabalho e obedecendo às regras. Havia muitas histórias no futebol de jogadores que irritaram o chefe e depois passaram o resto da temporada afastados, omitidos do time titular antes de serem despachados do clube durante a janela de transferência seguinte. Era uma hipótese apavorante mas, mesmo no Real Madrid, nenhum jogador era maior do que o clube.

No jogo seguinte da liga, Gavin fez um gol novamente, em um desempenho impressionante do Real. Apesar de seus apuros financeiros, ele parecia estar de volta à sua forma irreprimível, mesmo fora do campo.

Numa noite, ele estava na enorme área de estacionamento no subsolo da casa de Santi, fazendo embaixadinhas com uma bola de futebol.

Santiago desceu a escada; andara tentando falar com Roz ao telefone.

— Ela não quer falar comigo. Não sei por que ela está com tanta raiva.

Gavin bateu a bola na coxa e depois a chutou para Santi.

— Bom, dá pra entender. Ela fica lá totalmente sozinha — Gavin sorriu quando Santi quicou a bola no peito do pé algumas vezes antes de mandá-la de volta pelo corredor. — Enquanto você sai com lindas morenas espanholas.

— Mas eu não saio com lindas morenas espanholas — disse Santiago enquanto a bola voltava.

Gavin observou Santi demonstrar algumas das habilidades que aprendera com os brasileiros do Real, brincando com a bola entre o peito do pé, a coxa, o calcanhar e o ombro.

— É, muito bem, mas você ainda tem que se humilhar bastante, meu filho.

A bola estava voltando rápido e Gavin a pegou com a coxa. Ele a deixou cair no peito do pé e depois a fez subir para poder cabecear para Santi. Gavin não era famoso por sua cabeçada e a bola chegou alta à esquerda de Santi.

Ele recuou por instinto para pará-la. Não viu a bicicleta deitada no chão de cimento. Seu pé esquerdo girou nos raios de uma das rodas e Santi caiu com um grito.

Gavin olhou Santi esparramado por cima da bicicleta, retorcendo-se de dor e estendendo a mão para a perna machucada.

— Pára com isso, chega de fingimento — disse Gavin, andando até Santi. — Vocês, latinos, sempre catimbando.

Santi olhou para ele.

— Isso é sério, cara. Dói pra caramba.

Dizem que as coisas ruins vêm sempre em trio. O Valencia tinha sido ruim, o Trondheim fora ainda pior e o osso quebrado no pé completou a trinca mais indesejável da curta carreira de Santiago.

Van Der Merwe ficou uma fera. Graças à lesão, Santi ficaria fora de ação por pelo menos dez semanas. Ele perderia uma parte fundamental da temporada; jogos importantes, os demais jogos da Liga dos Campeões e a fase final.

O técnico furioso proibiu seu jogador de ir a qualquer lugar, a não ser do campo de treino para casa. E quando Santiago lhe disse que pretendia passar o Natal na Inglaterra, o técnico respondeu com apenas duas palavras:

— Pode esquecer!

O único consolo de Santiago foi que, quando Roz soube da lesão — por intermédio de Gavin —, pelo menos concordou em falar com ele ao telefone.

A conversa começou bem. Roz foi simpática; sendo enfermeira, já havia visto e lidado com lesões muito mais graves, mas ela fez o máximo para parecer preocupada e compreensiva.

Santiago estava em casa, deitado no sofá, com a perna erguida e o pé em uma bota ortopédica azul. Um par de muletas estava apoiado em uma das poltronas.

Eles estavam conversando há 5 minutos quando Santiago respirou fundo e finalmente contou a Roz que Van Der Merwe o proibira de viajar para casa no Natal.

Houve um momento de silêncio atônito.

— Mas ele não pode fazer isso — disse Roz por fim. — Eu planejei tudo. Jamie e Lorraine vão aparecer com Keanu. Minha mãe vai fazer peru.

— Eu sei. E só o que eu quero é ficar com você, agora, em casa. Eu me sinto como se estivesse em prisão domiciliar.

— Mas eu não entendo. O que eles ganham mantendo você aí? Você nem pode treinar.

Santiago se mexeu desconfortavelmente no sofá e sentiu uma fisgada de dor no pé.

— Eles pagam meu salário, Roz; eles é que mandam. Desculpe, não posso mudar isso.

Roz não conseguiu mais reprimir a raiva.

— Eu não acredito. Você prometeu. Não é justo e não estou pedindo nada demais. Sempre sou eu que vou a Madri e você não veio aqui nem uma vez, Santi, você nem pôs os pés em Newcastle. Você *disse* que íamos passar o Natal juntos.

— Roz, não depende de mim. Eu...

— *Não* — disse Roz, interrompendo. — Esta é só mais uma desculpa. Se você não tivesse demitido o Glen, ele teria resolvido isso. Bom, eu estou cheia, Santi. Estou *cheia* disso!

Ela desligou e Santiago se retorceu ao sentir outra pontada de dor atravessando seu pé.

Vinte e um

O Real Madrid conseguiu passar com segurança, embora de forma nada espetacular, pelas fases iniciais da Liga dos Campeões, mas antes do Natal parecia improvável que o clube aumentasse a contagem de 29 títulos da liga.

O Barcelona já parecia pronto para ficar com o título, embora o Ossasuna, correndo por fora, representasse um desafio vigoroso.

Gavin treinava furiosamente e jogava bem em um time que não estava exatamente à toda, e Santiago nada podia fazer a não ser ficar sentado, assistir e esperar com impaciência que sua lesão se curasse.

Ele conversou com Roz várias vezes e apelou a Van Der Merwe para que mudasse de idéia com relação a autorizar sua volta à Inglaterra. Mas nada mudou para o técnico; ele queria seu artilheiro problemático onde pudesse vê-lo, acreditando que ele ainda podia jogar uma parte significativa das semanas de encerramento da temporada — se conseguisse recuperar a forma e pudesse ficar longe de problemas.

Santiago estava com medo do dia de Natal e, quando chegou, foi tão sombrio e deprimente quanto ele temia.

Ele ligou para a avó e o irmão em Los Angeles, e depois para Roz, que conversou animadamente ao descrever o Natal que estava passando com a mãe e os amigos, Jamie e Lorraine, com o bebê deles que havia nascido há pouco tempo.

Ela lhe contou dos presentes, a árvore enfeitada, o almoço de Natal com estalinhos e chapéus de papel.

— O Keanu adora as luzes da árvore de Natal. É um neném tão bonito, pena que se parece com o Jamie.

Ela estava fazendo o máximo para parecer alegre, mas Santiago sabia que por trás das piadas e dos risos, Roz se sentia tão solitária quanto ele.

Mais tarde, enquanto ele e Gavin dividiam uma ceia de Natal de comida chinesa que haviam pedido pelo telefone, comendo direto das caixas, Santi se viu se perguntando sobre sua outra família, a mãe e o meio-irmão. Como, perguntou-se ele, estariam passando o Natal? Estariam pensando nele também?

Eles estavam, embora nenhum dos dois mencionasse isso ao outro. O pai de Enrique, Miguel, surpreendera o filho ao lhe dar de presente de Natal uma bola de futebol novinha. Foi um gesto de gentileza pouco característico de Miguel, que chegou a ter o trabalho de embrulhar a bola em papel de presente.

Rosa-Maria estava sentada com o marido e via Enrique abrir o presente. Os olhos dele se arregalaram de prazer ao ver a bola de futebol e ele sorriu em gratidão ao pai. Depois olhou para a mãe.

Ele sabia que, ao vê-lo segurar a bola, ela pensara em Santiago, assim como Rosa sabia que ele estava pensando no meio-irmão.

Mas Miguel não sabia dos pensamentos dos dois. Rosa nunca contou a ele sobre a existência de seus filhos, Santiago e Julio; ela temia a reação dele. E agora que ela queria contar, receava que fosse tarde demais.

Na casa de Santiago, Gavin terminou o que restava do macarrão com frango no vapor e lambeu os lábios.

Ele olhou para a cara taciturna de Santiago e suspirou. Santi precisava se animar.

— Tá legal — disse Gavin. — Que tal um jogo de charada?

Quando chegou a véspera de ano-novo, Madri ficou coberta de um manto de neve, o que deixou Santiago ainda mais deprimido.

Gavin deixara de lado as charadas e os jogos e passara a organizar o tipo de festa que realmente gostava. Conseguiu que alguns jogadores do Real e suas esposas ou namoradas, além de uns amigos íntimos, viessem à casa de Santi para passar o réveillon. E como todas as reuniões de Gavin, ele convidou algumas garotas a mais, para que não se sentisse sozinho.

Enquanto a festa bombava no primeiro andar, Santi subiu até seu quarto para deixar um recado no telefone de Roz.

Ele sabia que Roz estava trabalhando e, enquanto ela estivesse no meio do turno da noite em uma enfermaria movimentada, não havia meios de receber um telefonema à medida que a meia-noite se aproximava em Madri. Então, a única opção de Santi era deixar um recado.

"Oi, Roz. Nem acredito que não estamos juntos no Ano-novo. Eu vou compensar essa ausência, prometo." Ele se interrompeu por um instante. Havia muito mais que queria dizer, mas este não era o momento; teria de esperar até a próxima vez em que a visse. "Eu te amo, Roz. Feliz Ano-Novo."

Ele terminou a ligação e se levantou, pegando as duas muletas, que agora eram como duas amigas que iam ficar muito tempo com ele, e andou cautelosamente até a janela. A neve cobria os carros estacionados e Santi ficou olhando a escuridão até que o som da festa lá embaixo interrompesse seus pensamentos.

A meia-noite estava se aproximando e Santi percebeu que, como a festa era na sua casa, ele devia pelo menos descer e ficar com os convidados na virado do ano. Mas duas muletas e uma bota ortopédica não ajudavam em nada no ânimo para festejar.

Ele desceu a escada mancando para receber um dos últimos convidados — Jordana. Ela o cumprimentou ao pé da escada com uma garrafa de champanhe aberta em cada mão.

— Por que essa cara abatida, Santi? — ela sorriu. — Vamos comemorar!

Cuidadosamente, ela o levou até os convidados que dançavam antes de erguer uma das garrafas de champanhe na boca de Santi para que ele tomasse um gole.

— Vem, vamos dançar.

Não era exatamente dançar, mas Santiago se apertou por ali com suas muletas o melhor que pôde, enquanto sua parceira de dança lhe dava mais champanhe.

À medida que os últimos segundos do ano velho iam embora, Gavin, obviamente acompanhado de duas mulheres, começou a contagem regressiva.

— DEZ... NOVE... OITO... SETE...

Mais vozes se juntaram à contagem, e Jordana chegava mais perto de Santiago.

— SEIS... CINCO... QUATRO...

Santi sabia exatamente o que Jordana tinha em mente; era ano-novo e a tradição era dar um beijo.

— TRÊS... DOIS... UM... *FELIZ AÑO NUEVO! FELIZ ANO NOVO!*

Os gritos tomaram a sala, junto com os abraços e beijos habituais.

E Jordana beijou Santiago, a princípio com delicadeza. Depois ela recuou por um momento e o olhou fundo nos olhos. Então avançou e o beijou novamente. Mas desta vez o beijo foi longo e apaixonado.

Santiago acordou tarde na manhã seguinte. Ficou deitado na cama, a cabeça estourando, e aos poucos os acontecimentos da noite anterior lhe vieram à mente. Ou alguns deles.

Ele encarou o teto por longos minutos antes de se sentar gradualmente, colocando a cabeça entre as mãos para tentar deter as marteladas no cérebro.

Sem pensar, Santi lançou a perna para fora da cama para se levantar e de imediato foi surpreendido com a lembrança de seu pé quebrado quando a dor subiu pela perna. Ele bufou e caiu na cama de novo, concluindo que não era uma boa idéia fazer algum movimento nos próximos minutos.

Gavin estava sentado à mesa da cozinha comendo uma tigela abarrotada de cereais, iogurte e cenoura quando Santi finalmente entrou mancando com as muletas. Ele olhou, mas nada disse enquanto Santi ia à geladeira e abria a porta.

Santi tomou um refrigerante e olhou a neve pela janela. Quando se virou, viu que Gavin o estava observando.

— Que foi?

Gavin sacudiu a cabeça e voltou a tomar seu café-da-manhã.

— Que foi? — disse Santi novamente.

— Eu não disse nada — falou Gavin com a boca cheia de cereais.

— Mas está, me olhando, com um... *jeito*.

— Não estou, não.

Eles se encararam, Gavin desafiando em silêncio o amigo a fazer sua confissão. Mas Santi concluiu que seria mais sensato não falar mais nada. Ele deu de ombros com irritação e mancou para a porta da cozinha.

— Não aconteceu nada — disse ele ao sair.

Gavin sorriu, mas não respondeu.

Alguns segundos depois, Santiago estava de volta ao quarto.

— Não aconteceu *nada*!

Vinte e dois

Estava desmoronando. Sua carreira, sua vida. Santiago sentia que tudo era uma espiral descendente, fora de controle. E a única maneira de parar com a queda e começar a refazer seu futuro era descobrir a verdade sobre seu passado.

Ele conversou com Gavin, que no final das contas foi um ouvinte surpreendentemente atencioso. Santi mostrou a ele a foto de sua mãe e contou sobre seus encontros com o meio-irmão, e Gavin concordou que a única maneira de lidar com a situação era enfrentando-a.

Mas isso não era fácil. Santiago não fazia idéia de onde a mãe morava e não vira mais Enrique.

Embora ainda usasse a bota ortopédica, Santiago ia aos treinos todo dia. Fazia exercícios leves na academia para manter a força na parte superior do corpo e recebia tratamento especial e fisioterapia no pé lesionado.

Ele podia até dirigir, mas com cuidado.

A cada vez que chegava e saía das instalações de treinamento, procurava por Enrique, e por fim, quando estava indo embora ao término de uma sessão, ele o viu na multidão.

Santiago parou o carro e apertou o botão para abrir a janela do passageiro.

— Quer uma carona?

Enrique ergueu as sobrancelhas, depois se virou e sorriu para a multidão reunida em volta da saída, como se pegar uma carona com um jogador do Real Madrid fosse algo que acontecesse com ele todo dia.

Ele entrou e Santiago arrancou.

Não falaram nada por algum tempo. Santiago não tinha certeza do que dizer e Enrique também estava fascinado e emocionado demais com o carro incrível.

O menino apertou cada botão que havia no sistema de navegação por satélite e sorriu de prazer com os gráficos.

— Ei — disse por fim. — Se eu tivesse um desses, ia ser respeitado. Ia para a praia, cara, e nunca mais voltava.

Ele explorou o porta-luvas e depois deu uma olhada nos CDs, fazendo uma careta diante do gosto musical de Santiago.

— Entra à esquerda — disse ele ao se aproximarem de uma das áreas pobres da cidade. Santiago seguiu as instruções, pensando que talvez Enrique o estivesse levando para a casa dele. E para a mãe dos dois.

O adolescente pegou o telefone de Santiago e os óculos de sol avulsos que ele mantinha no porta-luvas.

— Como funciona a câmera desse telefone?

Não esperou pela resposta; a câmera no telefone era fácil de operar. Ele se colocou na sombra, tirou uma foto dele mesmo e depois sorriu com o resultado.

— Agora à direita.

O carro deslizou suavemente para um bairro desconhecido para Santiago, com ruas estreitas e prédios decadentes e descuidados. As poucas pessoas que estavam na rua olhavam surpresas quando o Lamborghini passava e Enrique as olhava radiante pelos vidros escurecidos.

Ele começou a repassar a agenda do celular de Santi e depois apertou um número.

— Oi, sr. Van Der Merwe, vai me deixar fazer um teste? Eu sou muito melhor do que o meu irmão.

Santiago pegou o telefone da mão dele, apavorado. Ele interrompeu a ligação, aliviado ao ver que não fora atendida.

— Dá pra parar com isso? — disse ele a Enrique.

Enrique se recostou no banco, perguntando-se o que ia fazer.

— Me fale de sua mãe — disse Santiago.

O adolescente deu de ombros.

— Falar o quê? Ela pega pesado comigo, então eu fico longe o maior tempo que posso.

Não era a resposta que Santi estava esperando e ele ainda tentava elaborar a pergunta seguinte quando Enrique pegou a bolsa esportiva de Santi no banco traseiro e começou a vasculhar.

— Isso é bem legal — disse ele, explorando o uniforme Adidas na bolsa.

Santiago parou o carro quando o sinal ficou vermelho e depois observou enquanto uma de suas camisas caía da bolsa para o chão do carro.

— Fica quieto aí! Qual é seu problema, cara?

Enrique se virou para ele com raiva.

— Quer saber qual é meu problema? Eu vou te contar. Eu moro numa lixeira, minha mãe se mata de trabalhar e você fica andando por aí como um astro de cinema. É esse o meu problema!

Antes que Santiago pudesse responder, o meio-irmão abriu a porta do carona, pulou para fora do carro e correu pela rua, com a bolsa de Santiago em uma das mãos.

— *Ei!* — gritou Santi, lutando para sair do carro. Não havia como perseguir o garoto —, ele não ia se arriscar a prejudicar o pé machucado e a bota não ajudaria em nada se ele tentasse.

Ele viu Enrique desaparecer em um beco e depois ouviu o som de uma buzina de carro quando o sinal ficou verde.

Ele olhou para trás e encarou o motorista do veículo que esperava atrás dele. O motorista levantou as mãos e fez sinal para Santiago colocar o carro em movimento.

— *Tá legal!* — gritou Santiago. — Já vou!

A nova bola de futebol de Enrique estava na cama. Ele estava enfiando apressadamente o uniforme que tinha roubado de Santiago embaixo da cama quando a mãe entrou no quarto. Ela não bateu; ela o viu correr pelo bar com a bolsa.

— O que foi que eu disse sobre roubar? — perguntou ela furiosamente enquanto Enrique se virava para ela.

— Eu não roubei. O Santi me deu.

Rosa arregalou os olhos. Fechou a porta do quarto em silêncio e pegou o filho pelos ombros.

— Santiago? Ficou maluco? Eu disse que nunca vamos fazer parte da vida dele!

— Mas ele é meu irmão! — disse Enrique, tentando se libertar. — Por que eu tenho que esconder isso?

— Porque... — os dois sabiam o motivo, mas Rosa-Maria não suportava dizer as palavras. Em vez disso, deu um tapa na cara do filho. — Nesta casa, você faz o que te mandarem!

Antes que Enrique pudesse argumentar, a porta se abriu e o pai entrou.

— O que está acontecendo aqui?

Rosa-Maria relaxou o aperto em Enrique. Ela o encarou, seus olhos fazendo um apelo silencioso para que ele guardasse segredo.

Enrique olhou para a mãe com desdém. Depois pegou a bola de futebol na cama, passou voando pelos pais e desceu a escada.

— E então? — disse Miguel a Rosa-Maria.

— Ele está... Ele...

Ela se agachou e pegou a bolsa esportiva debaixo da cama.

— Ele roubou de novo.

Enrique não foi longe demais — foi para o campo de terra onde ele e os amigos costumavam jogar suas partidas de futebol. Mas só Tito estava lá. Ele atirava pedras em um enorme outdoor quando viu Enrique se aproximando com a bola nova.

Ele sorriu.

— Que bola legal.

Enrique assentiu com orgulho e passou a bola para Tito, que estendia as mãos.

O menino mais velho inspecionou a bola cuidadosamente e a bateu no chão algumas vezes. Depois, antes que Enrique pudesse impedi-lo, recuou o pé direito, soltou a bola e a chutou com toda força que pôde.

Enrique viu apavorado a bola voar pelo ar e ultrapassar um muro alto que cercava o campo de futebol improvisado. A bola se fora. Para sempre.

Os olhos de Enrique arderam de fúria e ele pulou no sorridente Tito, esmurrando o corpo e a cara dele como um louco. Mas o tirano Tito não só era mais velho e maior do que Enrique, como também muito mais forte.

    Ele pegou os braços do menino menor e, em um movimento rápido e brutal, ergueu-o do chão e o atirou na terra. Tito riu mais uma vez e depois se afastou, sem se importar com as lágrimas nos olhos de Enrique.

Vinte e três

El clásico — o clássico. Não era uma disputa local, porque os dois times são de regiões da Espanha completamente diferentes. Mas era a maior delas, tanto para o Real quanto para o Barcelona, e para os torcedores dos dois times.

Os dois clubes são por tradição os maiores e os rivais mais ferrenhos da Espanha. Seus encontros incitam colunas e mais colunas de especulação e comentários na imprensa e hora após hora de cobertura na televisão e no rádio. A preparação começa semanas antes do jogo e sempre leva a um debate feroz.

Há muitos jogos britânicos que anualmente incitam velhas rivalidades: a batalha entre os Rangers e o Celtic de Glasgow, o embate dos gigantes de Lancashire, Manchester United e Liverpool, e a disputa do norte de Londres entre Tottenham e Arsenal, mas nenhum destes se compara ao embate espanhol. Na Itália, há o Inter de Milão contra o AC.

Em toda a Europa e em todo o mundo do futebol, existem alguns jogos que incendeiam a imaginação e a paixão de jogadores e torcedores.

Mas há uma coisa que de certo modo distingue a disputa entre Real Madrid e Barcelona. É *o jogo*. O encontro definitivo. É simplesmente *el clásico*.

Os *galácticos* do Madrid tinham equivalentes nos superastros do Barcelona: Deco, Messi, Eto'o e, é claro, o homem eleito o melhor jogador do mundo, o brasileiro de habilidades sublimes, Ronaldinho.

O mestre do Barcelona dá nome aos truques mágicos que faz com a bola. Ele chama um deles de "Chiclete", porque a bola parece ficar presa no seu pé.

À medida que o jogo progredia, o flexível brasileiro exibia todo seu repertório de brilhantismo, enganando os zagueiros do Real e despertando inveja até dos madrilistas.

Ronaldinho, ajudado pelo jovem argentino, Messi, estava arrasando com a zaga do Real.

Mas então, perto do final, e contrariando o andar da partida, houve um momento de alegria para o Real e para um determinado jogador, que estava demonstrando exatamente por que tantos clubes pagavam altos valores por suas habilidades em sua longa carreira.

Gavin estava em um acesso de brilhantismo e desfrutava cada segundo disso. E a alegria do artilheiro viajado e muito difamado foi completa na metade do segundo tempo quando, de um passe de fora da área colocado na cara do gol, ele estava lá para habilidosamente meter o pé esquerdo na bola e enfiá-la na rede.

Todas as chances perdidas, os chutes fracos, os jogos ruins foram esquecidos de imediato pelos madrilistas, que comemoravam como loucos. Gavin tinha feito um gol em *el clásico*.

Ele era um herói de novo.

Santiago e Jordana estavam sentados um de frente para o outro em poltronas confortáveis no sofisticado cenário do programa de TV que ela apresentava.

A equipe de televisão se movimentava, fazendo os últimos preparativos para o programa, que era transmitido ao vivo diariamente. Eles ignoravam Santi e Jordana; todos tinham um trabalho a fazer e, devido à grande pressão que havia em uma transmissão ao vivo, tudo era regulado por frações de segundo, o que não deixava espaço para erros.

Era a primeira vez que Santi via Jordana desde o encontro na festa de ano-novo. Ela estava de seu jeito suave e sofisticado de sempre, e ele se sentia tenso e meio constrangido.

Jordana se divertia um pouco com o nervosismo de seus convidados, mas agia como uma profissional; o que mais importava eram o programa e a entrevista.

Ela falou delicadamente em seu espanhol nativo, procurando colocar Santiago mais à vontade no ambiente pouco familiar do estúdio.

— Você deve estar ansioso para jogar novamente.

Santiago deu de ombros envergonhado, evitando naquele momento fazer contato visual com a apresentadora superconfiante.

— É, agora não falta muito — respondeu ele, adotando o espanhol com facilidade.

— Fico feliz que finalmente esteja aqui, me concedendo uma exclusiva.

— Claro, tudo bem — disse Santi, indiferente.

Não era a atitude dinâmica que Jordana esperava.

— Olha — disse ela com firmeza —, espero que você me dê uma entrevista interessante.

Santiago ergueu a cabeça e olhou o estúdio. Ninguém prestava a menor atenção a eles.

— É, para mim não tem problema nenhum você me torturar na frente do mundo todo pela TV, desde que o que aconteceu fique entre nós.

Jordana sorriu.

— Você só está cumprindo sua promessa. E ouça um conselho de alguém experiente, Santi. Nada na vida é gratuito. Quanto mais cedo você aprender isso, melhor será para você.

— O que aconteceu entre nós foi um erro — disse Santi, rapidamente mas com urgência. — Eu estava bêbado e muito solitário. Eu não sou assim.

Jordana sabia exatamente como colocar Santiago no estado de espírito que ela queria para o programa.

— Olha, Santiago, se não quiser ser tratado como uma criança, comporte-se como um homem. O que aconteceu, aconteceu.

Os olhos de Santi faiscaram.

— É verdade. E estou aqui para ter certeza de que as coisas estão claras. Não vai acontecer novamente.

Ela conseguira, deixara o convidado num humor ardente, exatamente como pretendia e exatamente na hora certa.

— Muito bom. Prioridades certas, olho na bola. Agora, Santi, me dê uma ótima entrevista!

Na cabine de controle, o diretor de palco ergueu o polegar e começou a contagem regressiva para o início do programa, tanto verbalmente quanto usando os dedos da mão direita para contar os últimos cinco segundos. Estavam prestes a entrar ao vivo.

— Três... dois... um... — Ele apontou para Jordana; estavam no ar.

Ela reluziu para a câmera.

— Olá, e bem-vindos. Hoje tenho a honra de ter como convidado especial o novo astro do Real Madrid, Santiago Muñez.

Vinte e quatro

Eminem gritava no equipamento de som do Lamborghini enquanto Santiago parava na entrada de carros do Buddha Club.

Ele saiu e assentiu para o manobrista que esperava para levar o carro para o estacionamento. Alguns paparazzi espreitavam na entrada, como sempre, à caça da grande foto que lhes faria dinheiro.

— Oi, Muñez — gritou um deles, em inglês. — Vai nos mostrar aquele seu tempero mexicano novamente?

O comentário pretendia provocar em Santi uma explosão de raiva, mas não teve sucesso. Então o fotógrafo tentou novamente.

— Espero que tenha gostado da foto na revista *Heat*!

Santi olhou para o inglês sorridente, mas continuou a ir para o club e o fotógrafo decepcionado virou-se para um dos colegas e deu de ombros.

— Valeu a tentativa.

Vários jogadores do Real já estavam no clube. Um monte de zagueiros — Salgado, Helguera e Jonathan Woodgate — espremiam-se em volta de uma mesa com Gavin. Quando Santi finalmente conseguiu se aproximar de seus companheiros de time, Salgado se levantou e sacou o celular.

— Oi, Santi, o que é que tá pegando? É a terceira vez que você me liga.

Santiago franziu o cenho. Ele não ligou para Salgado nem uma vez, muito menos três. Ele olhou os bolsos e percebeu rapidamente que devia ter deixado o celular no carro.

O carro!

Ele pegou o celular de Salgado, colocou no ouvido e de imediato ouviu o CD do Eminem que estava tocando quando ele chegou.

Alguém estava em seu carro!

Ele devolveu o celular a Salgado e voltou para a entrada, abrindo caminho aos empurrões em meio ao grupo sobressaltado de freqüentadores.

Os paparazzi ainda faziam sua vigília quando Santi saiu do clube e correu para o manobrista.

— Onde está o meu carro? — perguntou ele com urgência.

— No estacionamento, senhor. Lá atrás.

— Me mostra!

Antes que tivessem dado mais do que alguns passos, o Lamborghini veio deslizando pela lateral do clube e Santiago viu com horror que Enrique estava ao volante. O adolescente mostrou o dedo médio ao meio-irmão enquanto o carro passava voando para a estrada.

Santi partiu em sua perseguição. Um táxi se aproximava do clube, o motorista procurando pelos primeiros a sair do Buddha. Não esperava ver um jovem parado bem em seu caminho, no meio da estrada, acenando freneticamente as duas mãos para ele parar.

Enquanto o táxi parava de repente, o fotógrafo inglês procurava pelas próprias chaves e corria para o estacionamento.

O taxista idoso enfiou a cabeça pela janela e gritou para Santiago.

— Seu maluco! Quer morrer?

Não havia tempo para discutir. Santi abriu a porta do carona e pulou para o velho Skoda amassado, apontando para as luzes traseiras do Lamborghini.

— É o meu carro ali! Não tire os olhos dele!

Os olhos do taxista se estreitaram e seu pescoço se esticou para a frente quando ele olhou o escuro; só podia ver a traseira de um carro de alto desempenho zanzando de um lado para outro na estrada.

— Quer que eu...

— O Lamborghini branco, sim!

— Um *Lamborghini! Nisto* aqui?

— *É! Siga aquele carro!*

O velho taxista deu um sorriso quase sem dentes. Há anos esperava ouvir essas palavras. Ele fez o sinal da cruz, puxou os óculos bifocais da cabeça, colocou-os no lugar e engrenou o Skoda.

Os pneus cantaram quando ele arrancou e o sorriso do taxista foi ainda mais largo quando ele queimou pneu pela primeira vez na vida.

Alguns segundos depois, o fotógrafo inglês saiu do estacionamento montado em uma scooter que gemia como um cortador de grama descontrolado, enquanto os paparazzi também partiam para a perseguição.

Vinte e cinco

Enrique não era nenhum Michael Schumacher, mas na verdade o Lamborghini não fora projetado para um motorista de seu tamanho. Mesmo com o banco todo puxado para a frente, seus pés mal tocavam nos pedais e, ao dirigir, ele tinha que se esticar constantemente para ver por sobre o volante.

Seguir em linha reta não era tão difícil, desde que ele não tentasse ir rápido demais, mas dobrar uma esquina era uma questão totalmente diferente.

Foi depois de sair da estrada que cercava a cidade que os problemas começaram. Ele entrou numa esquina em alta velocidade e quase perdeu o controle ao ver uma obra na rua mais à frente. Tarde demais.

Os cones de alerta se espalharam como pinos de boliche em todas as direções enquanto ele esbarrava neles, e na curva seguinte um carro que vinha na direção oposta precisou dar uma guinada súbita para evitar bater no Lamborghini.

Enrique viu as luzes piscando e ouviu o berro da buzina, mas só vislumbrou o carro ao passar por ele. Depois ouviu a batida de outro carro em uma caçamba de lixo na beira da estrada. Mas Enrique não reduziu.

O taxista velho sim, mas só por tempo suficiente para ver que o motorista do carro batido estava bem. Assim que Santiago o viu sair do veículo amassado, instou-o a seguir.

— Fique perto dele, mas não o assuste.

— Mas eu posso alcançá-lo — disse o motorista, gostando de cada segundo do drama. — Só me dê uma chance.

— Não. Siga o carro. Só isso.

O taxista semicerrou os olhos atrás dos bifocais; talvez só seguir estivesse mais para uma cena de cinema. Mas isso não queria dizer que ele não podia chegar mais perto.

Eles estavam atravessando o centro da cidade e o trânsito estava ficando mais pesado, tornando ainda mais difícil o esforço de Enrique para manter o Lamborghini sob controle. A mais leve pressão no acelerador fazia com que o carro disparasse.

Ele chegou a um cruzamento e passou direto por uma fila de carros, obrigando o motorista do primeiro a dar uma freada brusca. Os dois carros seguintes não tiveram a chance de parar, e Santi e o taxista passaram segundos depois, vendo a confusão de lanternas quebradas e pára-lamas amassados.

No momento em que o velho Skoda se aproximava do Lamborghini, o taxista se esticou para frente de novo e semicerrou os olhos.

— Não tem ninguém dirigindo!

Foi aí que a mão de Enrique saiu pela janela novamente e ele mostrou o dedo médio de novo.

O taxista deu de ombros.

— É um garotinho.

Enrique estava começando a entrar em pânico; não esperava que seu passeio se transformasse numa perseguição. Ele entrara de fininho no estacionamento e se maravilhara ao ver que o carro estava aberto e com as chaves ainda na ignição. Ele entrou no carro e mexeu um pouco no celular de Santi, adorando o modo como podia fingir por uns minutos que os astros do Real Madrid na agenda eram amigos *dele*. E então, por impulso, decidiu dar uma voltinha rápida; agora ele tinha que fugir enquanto pudesse. Ele pisou no freio e girou o volante rápido para a direita, entrando em uma rua de menor movimento. Mas o táxi continuou atrás dele.

O adolescente pisou fundo, acelerando demais na rua estreita. Entrou em outra esquina e a traseira do carro derrapou, arrancando retrovisores laterais e arranhando a pintura de alguns veículos estacionados.

Enrique estava perdendo o controle, mas mesmo em pânico continuou com o pé no acelerador. Ele derrubou uma moto estacionada e depois viu a curva à frente, girando o volante, jogando o carro de um lado para o outro.

Não teve a chance de fazer a curva. Enquanto o carro derrapava, Enrique viu a banca de jornais; ia bater nela. Ele fechou os olhos, com força, por instinto. Ouviu o barulho apavorante no momento do impacto.

E depois a escuridão se fechou e ele não sentiu nem ouviu mais nada.

O táxi dobrou a esquina e parou de repente. Santi saltou do carro e correu para os destroços do Lamborghini, pisando em vidro quebrado e respirando poeira de tijolos, e abriu a porta trancada do motorista.

Enrique estava tombado por sobre o volante, a cabeça cortada e sangrando muito.

— Enrique!

Não houve resposta. Delicadamente, Santiago colocou o meio-irmão no banco traseiro. Seus olhos estavam fechados e o rosto mortalmente pálido.

— *Enrique!*

Santiago viu que suas mãos ainda tremiam quando pegou o copo de plástico com café da máquina automática.

Estava sentado na sala de espera do hospital e as perguntas lhe eram disparadas por dois policiais que adotavam a rotina "tira bom, tira mau", o que não ajudava nem um pouco.

— E o senhor disse que só perdeu o controle? — disse o Tira Mau.

— Eu já falei, eu estava distraído, meu celular tocou. Eu sei que devia ter ignorado.

— E o menino com o senhor?

— Filho de um amigo meu. Eu já disse isso também.

Os policiais trocaram um olhar; a história não fazia sentido para nenhum dos dois.

O taxista fora um herói, forçando seu velho Skoda à velocidade de um raio, passando por ruas estreitas e pegando atalhos até o hospital.

Santiago correu para o pronto-socorro com Enrique sangrando nos braços e a equipe de plantão entrou em ação com rapidez e eficiência. A última vez que Santiago viu o irmão foi quando um médico entrou apressado no cubículo de tratamento, e as enfermeiras verificaram a pulsação e a pressão sangüínea de Enrique. Santiago foi conduzido para a sala de espera, onde tinha preparado a história para a polícia.

Parecia a melhor coisa a fazer, pelo bem de Enrique, mas a história não estava convencendo.

— O menino se machucou muito — disse o Tira Mau.

— Ele não estava com o cinto de segurança.

O Tira Bom assumiu a abordagem mais delicada.

— Quanto álcool o senhor disse que bebeu?

— Eu não bebi, eu não bebo. Só perdi o controle do carro. Acontece. Neste exato momento, só me importo com o garoto. Quero falar com ele.

— Talvez depois que *nós* terminarmos nossa conversa — disse o Tira Mau.

E então uma câmera foi disparada, assustando Santiago e fazendo com que largasse o copo de plástico.

O fotógrafo inglês tinha se esforçado muito para conseguir a foto, andando por metade de Madri em sua Lambretta antes de finalmente localizar seu alvo.

Santiago reagiu.

— Seu babaca!

Ele se colocou de pé num salto e se atirou para o fotógrafo, dando-lhe um murro na cara antes de ser arrastado de volta pelos policiais.

— Señor Muñez, o senhor está preso — disse o Tira Bom enquanto pegava as algemas no cinturão.

O fotógrafo levantou do chão com dificuldade e limpou o sangue da boca enquanto verificava que sua preciosa câmera não sofrera danos. Ela estava intacta e o fotógrafo não pensava em socos de retaliação — sua retaliação seria um milhão de vezes melhor e muito mais lucrativa.

A câmera foi disparada repetidamente enquanto Santiago era levado pelo corredor.

— Te vejo no tribunal, Santi! — disse com um sorriso deliciado o fotógrafo que de repente ficara mais rico, lambendo o sangue na boca.

Os policiais fizeram Santi parar por um momento para verificar as algemas.

E, naquele momento, ele a viu.

Sua mãe. Pela primeira vez em muitos anos.

No momento que Santi estava prestes a ser arrastado dali, as portas se abriram e ela estava lá, parecendo assustada e confusa.

Ela viu Santiago. Seus olhos se encontraram e Rosa-Maria parou de repente, sentindo um arrepio gélido percorrer o corpo enquanto eles se encaravam.

Santiago quase irrompeu em lágrimas. Agora. Depois de todo esse tempo. Ele estava tão perto dela, finalmente. E ia ser levado dali de forma humilhante.

Ele queria gritar para ela, mas as palavras não saíram. E depois ele foi arrastado, perdendo sua mãe de vista. De novo.

Rosa-Maria fechou os olhos com força enquanto as lágrimas jorravam de seus olhos.

Vinte e seis

O pesadelo não acabara. Pelo menos não por um bom tempo.

Santiago foi levado a uma delegacia, onde foram concluídas as formalidades da acusação.

Ele viu seus pertences serem catalogados e colocados em um saco, obedeceu a cada instrução, deixando suas digitais e olhou passivamente enquanto fotos suas eram tiradas, de frente e de perfil. Parecia ainda pior do que ser fotografado de tocaia pelo paparazzo inglês.

Pouco antes de ser levado para passar o resto da noite atrás das grades, Santiago teve a oportunidade de dar um único telefonema.

De repente, ele se sentia totalmente só. Não sabia para quem telefonar. Ali estava ele, um jogador famoso, conhecido em toda a Espanha e na Europa, e não havia ninguém a quem procurar de imediato.

Gavin ainda estaria comemorando e sem condições de vir em seu auxílio. Ele não podia envolver Roz nem a própria família em mais um tormento. Não havia ninguém no clube que reagiria com solidariedade a seu mais recente delito.

Ele por fim percebeu que só existia uma pessoa para quem podia ligar. Ele pegou o fone, digitou o número e ouviu o telefone chamar.

— Anda, atende. Por favor, atende.

Por fim, a ligação foi atendida. A voz era baixa e o sotaque era inconfundível.

— Alô?

— Glen, sou eu. Desculpe telefonar tão tarde, mas eu não consegui pensar em mais ninguém.

Na escuridão do quarto em Newcastle, Glen olhou o relógio na mesa-de-cabeceira. Passava das três da manhã e ele não estava com humor para um papinho por telefone de madrugada, especialmente com alguém que o demitira há tão pouco tempo.

— Fico lisonjeado — disse ele com mais do que uma sugestão de sarcasmo.

— Eu preciso de sua ajuda, cara. Desta vez me encrenquei mesmo e estou com um problemão.

— O que é agora?

— Meu carro está um caco, Glen, e tiraram uma foto minha; o cara me perseguiu. Eu fui preso. A imprensa vai ter um prato cheio dessa vez, revirando a minha vida.

Glen suspirou.

— Me parece que você é bem capaz de se virar sozinho sem precisar da ajuda dos jornais.

— Tudo que eu faço dá errado, Glen.

— Eu não sou mais seu agente, Santiago, lembra?

— Eu sei, eu... Eu não mereço isso, Glen. Não mereço mesmo. Desculpe.

— Não se desculpe comigo — disse Glen, interrompendo. — Poupe as desculpas para quem precisar delas.

Glen estava irritado. E magoado. Mas não ia deixar que Santiago soubesse da mágoa que sentia; tinha orgulho demais de si mesmo para isso.

Ele deixou que suas palavras fossem absorvidas por um momento antes de continuar.

— Você não é mais uma criança, é um adulto. Você recebeu muitos elogios em campo; está na hora de conquistar algum respeito no mundo real. Onde realmente importa.

Glen não podia ver as lágrimas rolando pelo rosto de Santi mas, mesmo que pudesse, teria encerrado a conversa da mesma forma.

— Até que tenha feito isso, garoto, vai ter que se virar sozinho. Boa-noite.

Parecia que ele tinha dormido pouco mais de alguns minutos, espremido, sem nenhum conforto, em uma pequena cama dura na cela escura e apertada.

Santiago sentiu uma sacudida, não muito delicada, no ombro. Ele abriu os olhos e viu o diretor de relações públicas do Real Madrid, Leo Vegaz, olhando para ele de cima.

Ele passou um par de óculos de sol a Santi.

— Vai precisar disso.

Eles saíram da delegacia para encontrar uma manhã chuvosa de Madri e uma tempestade de flashes enquanto os paparazzi davam seqüência à completa humilhação de Santi.

— Não diga nada — disse Leo enquanto os jornalistas se amontoavam em volta e disparavam perguntas. Ele apressou Santi até a traseira de um carro que os esperava e, ao se afastarem, passou a ele um saco contendo seus pertences.

E depois lhe deu um dos muitos jornais que estavam no banco entre eles.

Santi era manchete de primeira página. O carro amassado era retratado em cores vivas e o artigo não era muito lisonjeiro.

E não acabou quando ele chegou em casa. Os paparazzi acamparam do lado de fora dos portões da casa o dia inteiro, e durante o dia seguinte também, levando Santiago a se sentir um animal enjaulado.

Enquanto isso, as palavras pungentes de Glen voltavam a assombrá-lo. *"Você não é mais uma criança. Esta na hora de conquistar algum respeito."*

Ele tinha razão. Santiago sabia que as coisas precisavam mudar. Mas nada *podia* mudar até que ele finalmente acertasse a situação que invadira quase todos os momentos de vigília e a maior parte de seus sonhos nos últimos meses.

Ele sabia que tinha que confrontar Rosa-Maria. Frente a frente.

Mas as coisas ficariam ainda piores para Santi.

Os jogadores da primeira divisão da Inglaterra que têm grande visibilidade e se mudam para a Espanha sempre são alvo dos paparazzi, e mesmo um momento inocente pode parecer totalmente diferente quando os fotógrafos os levam aos tablóides ou às revistas.

Talvez Santiago devesse ter se lembrado de que, quando Jordana o beijou, eles estavam ao lado do Lamborghini branco de propriedade dela na calçada do Buddha Bar. Embora isso já tivesse semanas, muito antes do Natal, os fotógrafos só agora colocaram a foto nas páginas da revista *Heat*.

O momento tinha sido inocente, embora os acontecimentos da festa de ano-novo não. Mas foi o beijo na calçada do Buddha que finalmente se tornou a gota d'água para Roz quando ela viu as fotos.

A manchete também não ajudava:

SUPER-RESERVA GOLEIA FORA DE CASA!

Uma das amigas de Roz no trabalho lhe dera a revista, mas não por maldade; ela só queria que Roz soubesse antes que a fofoca começasse a se espalhar pelo hospital.

Santiago ficou deliciado quando olhou o celular e viu que a chamada vinha de Roz. Mas o prazer não durou muito tempo.

— Como é que você *pôde*! Nem teve a decência de fazer em particular; tinha que ostentar isso na frente de todo mundo!

— Como é? — disse Santi ao telefone. — Do que você está falando, Roz?

— De *você*! E *dela*! Você está em todas as revistas, Santi, com aquela... *mulher*!

— Revista? Que mulher?

— Ah! Então, quantas foram? Foi ela o verdadeiro motivo para você não vir para casa no Natal? Quanto tempo isso durou?

Santiago percebeu que Roz devia estar falando do beijo na calçada do Buddha; ele se lembrava das câmeras disparando.

— Amor, você está totalmente errada. A imprensa distorce tudo.

— Eu posso *ver* bem aqui na minha frente, Santiago; posso *ver* o que você andou fazendo. Pare de mentir.

— Mas não estou mentindo!

Roz não ia se convencer.

— Se é esse tipo de mulher que você quer, então tudo bem, Santi, pode ficar com ela.

— Olha, eu sinto muito, Roz — disse Santiago desesperado. — Está tudo uma confusão.

— Você me fez de boba e eu não mereço isso! — gritou Roz. — Eu *sabia* que isso ia acontecer.

E depois ela desligou.

Vinte e sete

Gavin sabia muito bem que pouquíssimos jogadores podiam ser um Teddy Sheringham e jogar no mais alto nível até os 40 anos.

A maioria dos jogadores, quando chega aos 30, descobre que as badaladas do relógio parecem estar batendo mais alto e que as temporadas de futebol passam mais rapidamente. Gavin tinha ultrapassado esse marco, e percebeu que queria prolongar sua carreira pelo maior tempo possível.

Então ele continuou a trabalhar furiosamente nos treinos, e isso estava trazendo recompensas. E não eram apenas os treinos; ele também estava moderando seu estilo de vida desregrado — não completamente, mas de forma significativa. Havia menos noites em boates, ele cortou a bebida e estava levando a alimentação muito a sério.

À medida que o Real passava para a semifinal da Liga dos Campeões, ele se tornava o jogador de destaque e os gols aconteciam com freqüência.

— Gol é como ônibus — disse ele a Santiago. — Você espera séculos por um...

— E quando aparecem, vêm três ou quatro juntos — Santiago sorriu, concluindo o velho clichê.

Santiago também estava progredindo bem e Gavin estava ali para dar apoio e estímulo à medida que o gesso em sua perna era removido e ele dava os primeiros passos inseguros de volta à plena forma.

Fazia longas caminhadas na esteira, horas de hidroterapia na piscina e ainda sessões com o fisioterapeuta. Mas aos pouco e constantemente, a força voltava e, por fim, ele pôde se juntar ao resto do time nos treinos.

A temporada mostrava-se difícil para o Real, apesar de ter chegado à semifinal da Liga dos Campeões.

Em uma atitude que chocou todo o mundo do futebol, o presidente do clube, Florentino Pérez, anunciou sua renúncia e foi substituído por Fernando Martin. O novo presidente sugeriu que a era dos *galácticos* podia estar chegando ao fim.

Ele alertou a todos os jogadores que esperava trabalho árduo e esforço nos treinos e no campo, instando-os a fazer com que ele, o clube e os torcedores se orgulhassem.

Ninguém levou estas palavras mais a sério do que Gavin e, enquanto Santiago recuperava a forma, ele também quis provar ao novo presidente, e ao técnico, que o investimento do Real fora, afinal, sensato.

Van Der Merwe e seu assistente, Steve McManaman, o observavam de perto durante os treinos e, quando Santiago fez um lindo gol em uma partida de treino, o técnico ficou satisfeito o bastante para considerá-lo na escalação.

Mas ele tinha que voltar a jogar aos poucos; desta vez Van Der Merwe não ia se precipitar em outra decisão equivocada.

Santi fez algumas participações curtas mas animadoras em jogos da liga, mas ele ficou no banco no primeiro jogo da semifinal da Liga dos Campeões.

O adversário era o Olympique Lyon da França, uma surpresa — não era um dos maiores nomes do futebol europeu. Mas com o ex-técnico do Liverpool, Gérard Houllier, eles arrasaram na liga da França e vinham fazendo uma campanha impressionante na Liga dos Campeões.

No primeiro jogo, na França, o Real saiu com um empate de zero a zero. Isto significava que só era preciso fazer um único gol e depois fechar a defesa no Bernabéu para chegar à final.

Mas Van Der Merwe não gostava de futebol de resultados. E nem seus jogadores.

Vinte e oito

Rudi Van Der Merwe queria que qualquer time que ele escalasse jogasse um futebol ofensivo, fizesse um jogo bonito, da maneira que é para ser.

E, ao soar o apito, para o segundo jogo com o Olympique de Lyon, era exatamente isso que ele esperava.

As participações curtas e impressionantes de Santiago nas partidas da liga resultaram em um lugar no banco. Van Der Merwe não pensava em incluí-lo na escalação inicial: ele ainda não estava apto para jogar 90 minutos e, além disso, a boa forma de Gavin justificava plenamente sua escalação.

Van Der Merwe começou com a escalação mais forte possível, inclusive o beque central inglês, Jonathan Woodgate, que sofrera uma série cruel de lesões desde que foi transferido para o Real.

Os primeiros minutos confirmaram a crença de Van Der Merwe em um resultado positivo, com seu time jogando um futebol atraente e ofensivo, em particular no ataque, onde Gavin, Raúl e Ronaldo fizeram cruzamentos estonteantes que levaram a defesas de destaque do goleiro do Lyon.

Mas não houve gol, e o Lyon ia cobrar uma falta de uma posição perigosa junto à grande área.

Gavin assumiu seu lugar na barreira enquanto o ex-artilheiro do Arsenal, Sylvain Wiltord, preparava-se para cobrar a falta.

Ele chutou bem e a bola faiscou a centímetros do travessão, silenciando temporariamente a torcida no Bernabéu.

O Real usou suas armas de ataque, forçando uma série de defesas espetaculares do goleiro do Lyon, que estava fazendo o jogo de sua vida.

Gavin era o mais azarado de todos os atacantes do Real; quando a partida chegou aos 15 minutos do segundo tempo, ele viu o inspirado goleiro adversário frustrar três gols que pareciam certos.

No banco do Real, Van Der Merwe pensava em fazer alterações quando, depois de uma falta junto à área do Lyon, o Real foi recompensado com um tiro livre. As paixões e a irritação falaram mais alto e os jogadores dos dois lados correram para se juntar ao debate sobre a decisão.

Gérard Houllier ficou na linha lateral com uma expressão sombria: a cobrança da falta era perfeita para David Beckham e o francês tinha total consciência do dano que o inglês podia infligir daquele ângulo e posição.

Beckham ajeitou a bola com cuidado. Estava à esquerda e a 7 ou 8 metros da marca do pênalti. Uma barreira de três homens andava de um lado para o outro, cumprindo as ordens dadas aos gritos pelo goleiro do Lyon.

E então Beckham cobrou a falta. Praticamente todos no estádio esperavam uma bola de efeito, mas a bola fez uma curva aberta, colocando-se de frente para o gol.

Três jogadores do Real avançaram enquanto a zaga do Lyon recuava furiosamente e o goleiro se movia ansioso ao longo da linha do gol.

Gavin cronometrara sua investida com precisão. A bola veloz caiu e quicou uma vez, e ele a atingiu com violência com o pé esquerdo. Foi um lindo gol, do tipo que os jogadores e técnicos ensaiam incessantemente no treino. E toda aquela prática tinha funcionado perfeitamente.

Gavin conseguira de novo; o homem que passou 17 partidas sem marcar um gol agora estava marcando a uma taxa de quase um gol por jogo.

Não houve queixas quando o quadro de substituição foi erguido alguns minutos depois e Gavin viu que estava sendo retirado de campo para a entrada de Santiago. Gavin tinha feito seu trabalho; ele merecia descansar.

Enquanto o Lyon pressionava por um empate, Santi pegou rapidamente o ritmo do jogo. Tinha que pegar: depois de seu longo afastamento, estava desesperado para fazer parte da ação novamente.

Ele recebeu um lindo passe de Roberto Carlos e, exibindo uma habilidade deslumbrante, deixou dois zagueiros do Lyon para trás antes de disparar um chute a gol que passou longe do travessão.

Os madrilistas rugiram em aprovação, reconhecendo com aplausos e gritos os lances de que sentiram falta durante os longos meses de ausência de Santi.

Logo em seguida, de um passe de calcanhar de Ronaldo, Santi, de costas para o gol, driblou toda a linha de zaga do Lyon com uma linda finta.

Ele viu o gol; criou a oportunidade e ia aproveitá-la.

Enquanto dois zagueiros do Lyon viravam-se para marcá-lo, Santi deu dois passos, ergueu a cabeça e depois chutou uma bola venenosa em direção ao gol. O goleiro mergulhou mas não teve chance enquanto a bola disparava por ele e atingia a rede.

O Bernabéu explodia de alegria e Santi foi correndo para a multidão, os braços erguidos. Cada um dos colegas de time foi atrás numa perseguição de êxtase e na linha lateral Van Der Merwe, Macca e todo o banco do Real estavam dando socos no ar de prazer.

Estava 2 a 0 para o Real: eles estavam quase na final da Liga dos Campeões.

O Lyon mandou todo o time para a frente nos poucos minutos que restavam, mas a zaga do Real, comandada de forma soberba por Woodgate, agüentou até que, depois de longos 120 segundos de acréscimo, o apitou soou para o final do jogo.

O Real conseguira! Eles estavam lá. Na final da Liga dos Campeões, onde enfrentariam o campeão inglês, o Arsenal.

As entrevistas de TV depois do jogo foram muitas e Gavin parou pacientemente no corredor que levava ao vestiário, dando as respostas de rotina a perguntas de rotina que os jogadores ouviam depois de uma grande vitória.

— Foi meio arriscado em campo — disse o entrevistador da TV britânica, declarando o óbvio antes de colocar o microfone na cara de Gavin.

Gavin era todo sorrisos; extasiado com o modo como sua temporada tinha se transformado. Ele não conseguiu resistir a responder com todos os clichês do futebol que podia se lembrar:

— É, bom, nós fomos muito marcados no primeiro tempo, mas aqueles caras do Lyon quebraram a cara, porque é um jogo de dois tempos e só acaba quando termina. Futebol é assim.

A pergunta seguinte tirou o sorriso do rosto de Gavin.

— Acha que você vai jogar na final, ou acha que o técnico vai preferir colocar Santiago?

Antes que Gavin pudesse pensar numa resposta, os microfones e câmeras viraram-se para Santiago.

— Santiago, você colocou o Real Madrid na final, pode nos contar como se sente?

Santi estava pronto para dar respostas diplomáticas, colocando o time em primeiro lugar.

— Fico feliz por termos chegado à final. Foi um grande esforço de equipe.

Outro repórter disparou uma pergunta:

— Todo mundo sabe que você e Gavin são amigos; isto deve representar muita pressão na amizade de vocês.

Santiago olhou para o amigo antes de responder.

— Olha, fazemos parte de uma equipe. Mas antes de tudo, somos amigos.

Vinte e nove

Santi estava junto à janela do segundo andar de sua enorme mansão e olhava a horda de paparazzi acampada do lado de fora dos portões.

O progresso do Real rumo à final da Liga dos Campeões só fez aumentar a obsessão da mídia pela vida dos jogadores, e particularmente pela de Santiago Muñez.

Ele dera grandes notícias dentro e fora do campo desde sua chegada a Madri e, com a final se aproximando rapidamente, os chamados "cavalheiros da imprensa" sabiam que podiam ganhar muito dinheiro se a mais leve indiscrição ou a menor sugestão de escândalo pudesse ser capturada pela câmera.

Santi ainda estava desesperado para localizar a mãe, Rosa-Maria, mas além das sessões de treino ele era praticamente um prisioneiro em sua própria casa. Nesse ritmo, nunca iria encontrá-la.

Ele olhou o jardim e viu um dos homens que havia contratado para cuidar do terreno a que ele nunca ia por medo de um fotógrafo enfiar a cabeça por sobre o muro.

E então Santi sorriu. Ele teve uma idéia.

Os paparazzi não sabiam que Santiago tinha saído da casa quando ele estava se afastando pelo portão dos fundos, sentado entre dois jardineiros na traseira de uma picape.

Santiago quase riu da ironia daquilo tudo. Durante anos, ele fizera exatamente isso todo dia quando ganhava a vida como jardineiro dos ricos de Los Angeles com o pai, Herman. Ele olhava com inveja as mansões e os jardins bem-cuidados enquanto varria folhas e aparava gramados.

Agora ele era o rico — tinha tudo isso —, mas no momento parecia não ter nada.

A procura tinha que começar por algum lugar, então ele voltou à região onde Enrique pulara de seu carro e correra com a bolsa esportiva no final do primeiro encontro que tiveram.

Santiago levou a foto de Rosa-Maria. Ele entrou em bares e parou pessoas na rua, mostrando a foto, perguntando se alguém a conhecia ou onde ela poderia estar. Não conseguiu nada além de movimentos negativos com a cabeça.

Madri era uma cidade grande. Ela podia estar em qualquer lugar.

Ele tentou novamente no dia seguinte, andando de uma rua a outra, de um bairro a outro. Por fim encontrou alguns rapazes mal-encarados numa esquina. Obviamente não eram fãs de futebol, porque nenhum deles reconheceu Santiago enquanto ele sacava a foto e perguntava se eles conheciam a mulher.

Eles avaliaram Santiago cautelosamente, olhando mais para ele do que para a foto.

— Você não parece da polícia — disse um deles por fim.

— E não sou — disse Santi rapidamente. — Só preciso encontrá-la.

Tranqüilizados, eles olharam a foto novamente.

— Pode ser que eu saiba onde ela trabalha — disse o segundo rapaz.

— É mesmo? — disse Santi, sentindo o coração acelerar. — Onde?

O rapaz deu de ombros; ainda havia uma negociação a ser feita e Santiago estava usando um Rolex caro no pulso.

O rapaz fez um sinal com a cabeça em direção ao Rolex.

— Belo relógio.

Era início de noite quando Santi saiu do táxi e olhou o pequeno bar do outro lado da rua. Ele não sabia exatamente que horas eram; não estava mais com o relógio.

Nervoso, atravessou a rua, abriu a porta e entrou. Estava movimentado e barulhento, mas a tagarelice cessou completamente quase no momento exato em que a primeira pessoa reconheceu Santiago.

Segundos depois, todos tinham parado de beber e de falar e olhavam com descrença o famoso jogador do Real Madrid que aparecera do meio do nada.

Rosa-Maria estava atrás do balcão, concentrada na bebida que servia. De repente percebeu o silêncio e olhou, vendo Santiago parado, imóvel, a meio caminho do balcão.

Seus olhos se arregalaram, a boca se abriu e todos no ambiente olharam enquanto ela sussurrava uma palavra: "Santiago".

Miguel também estava no balcão, tão confuso quanto os clientes enquanto mãe e filho se encaravam sem dizer nada.

Lentamente, Rosa-Maria saiu de trás do balcão e foi até o filho. Ela parou diante dele, fitando-o como se estivesse tentando recuperar todos os momentos que perdera durante os longos anos da vida que passara longe do filho.

Ela ergueu a mão direita, para tocar seu rosto, mas depois recuou como se temesse que, se o tocasse, ele pudesse desaparecer.

Mas Santiago pegou a mão da mãe. Ele a segurou com firmeza, agora com medo de soltá-la.

E então, sem que nenhum dos dois soubesse como isso aconteceu, eles estavam se abraçando, segurando-se com muita força, as lágrimas enchendo os olhos dos dois.

Os fregueses do bar se olharam, confusos e um tanto constrangidos com a cena íntima e intensamente pessoal que testemunhavam.

Miguel foi o primeiro a falar, sem ter certeza de por que decidira esvaziar o bar, mas sabendo de algum jeito que era a coisa certa a fazer.

— Muito bem, hora de fechar, terminem todos a bebida. — Houve alguns murmúrios indiferentes de queixa, mas Miguel já havia tomado a decisão. — Hoje fecharemos cedo, vamos ver todos vocês amanhã.

Trinta

Havia tanto a dizer, tanto a saber, mas agora que finalmente chegara a hora eles tiveram dificuldade para encontrar palavras. Estavam sentados a uma mesa em um canto do bar, falando com hesitação e gaguejando.

Miguel estava atrás do balcão, limpando copos e de vez em quando lançava olhares rápidos na direção deles. Ele não fizera muitas perguntas à esposa e sua mente era um turbilhão graças às poucas palavras de explicação que ela lhe dera. Eles também tinham muito o que conversar, mas isso podia esperar. Por enquanto.

Santi precisava fazer as perguntas que o atormentaram por tanto tempo.

— Por que você foi embora? Por que nos abandonou?

Rosa-Maria olhou nervosa para o filho, sabendo que sua confissão teria que ser feita.

— É... é difícil de explicar. Não tinha nada a ver com vocês.

— Tinha tudo a ver com a gente — disse Santiago quase com raiva.

Rosa-Maria assentiu. Era difícil contar sua história, mas ela sabia que se ela e Santi quisessem formar um relacionamento, precisava ser contada.

— Eu abandonei vocês... Eu... Eu estava indo para casa numa noite e... E dois homens me atacaram. Um deles era... Era seu tio. Eu consegui chegar em casa, mas sabia que nunca poderia contar a seu pai o que havia acontecido.

Santi podia ver a dor nos olhos da mãe enquanto suas lembranças voltavam.

— E eu entrei em pânico, e fugi.

A cabeça de Santi fervilhava.

— Mas nem um telefonema? Nada?

— Santiago — disse Rosa-Maria em tom de desafio —, eu voltei três semanas depois e todos vocês tinham ido embora. E ninguém sabia para onde. E quem sabia, não quis contar. Depois, descobri que era tarde demais: vocês tinham saído do México.

Ela olhou para o marido, Miguel, e voltou a falar com Santiago.

— Quando eu vi seu rosto na televisão, queria muito entrar em contato com você, mas tinha certeza que você queria me ver morta.

Santi estendeu a mão e tocou a mão da mãe novamente.

— Como pôde pensar uma coisa dessas? Eu estava com raiva. Meu pai ficou com raiva. Ele morreu cheio de raiva. De você, de tudo, do mundo.

Era tão difícil para Rosa ouvir essas palavras quanto fora difícil para ela contar sua história.

— Ele a amava muito — disse Santi.

As lágrimas encheram os olhos de Rosa-Mara novamente.

— Eu... Eu... — Ela se curvou para a frente e beijou as mãos de Santiago. — Me perdoe.

Santi assentiu.

— Tudo vai ficar bem — disse ele delicadamente. — Você vai ver.

O sol tinha se posto atrás dos outdoors — um deles mostrando o novo astro do Real Madrid, Santiago Muñez —, mas os garotos estavam decididos a continuar com o jogo de futebol até que ficasse escuro demais para enxergar alguma coisa.

Enrique não ia permitir que o gesso no braço ou os cortes e hematomas no rosto o impedissem de dar tudo no jogo, principalmente quando o encrenqueiro do Tito estava no time adversário.

Uma menina corria de um lado a outro do campo improvisado, quase que sem se envolver na partida, em particular quando os meninos maiores vinham trovejando em sua direção.

Ela parou de correr quando viu as duas figuras se aproximando. E depois ela encarou.

— Enrique!

Enrique estava com a bola — ele não ia querer perdê-la —, mas a menina gritou de novo num tom de urgência.

— *Enrique!*

A bola rolou para longe enquanto Enrique olhava para cima e os olhos de todos seguiram o dedo da menina.

Rosa-Maria andava na direção deles — com Santiago.

— E aí, cara — disse ele ao se aproximar de Enrique. — Quer jogar?

Enrique deu um sorriso reluzente e assentiu, pela primeira vez sem palavras. Mas sua alegria ficou completa alguns minutos depois, quando Santiago evitou sem esforço um carrinho de Tito e derrubou o tirano no chão, deixando-o esparramado de cara para baixo, comendo terra.

O outro irmão de Santiago, Julio, estava em casa, em Los Angeles, jogando no computador, quando uma nova janela se abriu no monitor para informar que tinha recebido um e-mail.

Ele abriu a caixa de entrada, viu que o e-mail era de Santi e leu as poucas linhas de explicação. Rapidamente, começou a baixar o anexo.

— Vó — gritou ele. — E-mail do Santi.

Mercedes veio da cozinha. Ela parou atrás de Julio e, juntos, viram a foto que aos poucos aparecia na tela.

Era Santi, com Enrique e Rosa-Maria. Eles estavam sorrindo, constrangidos mas felizes, e Mercedes podia ver por si mesma o orgulho e o prazer no rosto do neto mais velho. Ela tivera muito medo que houvesse mais dor e mágoas se ele encontrasse a mãe.

Mas a foto dizia tudo. Santiago parecia feliz.

Mercedes suspirou ao pensar no filho, Herman. Ele nunca perdoou Rosa-Maria por tê-los abandonado, e nem ela. Mas nada podia mudar o que aconteceu no passado e, ao olhar a fotografia, Mercedes percebeu que o que mais importava agora era o futuro. Era hora de seguir em frente.

Ela apertou os ombros de Julio e sorriu enquanto ele se virava para olhar para ela.

— Sua mãe — disse ela. — Agora devemos fazer alguma coisa para que você também a conheça.

Roz estava sentada no escuro. Estava no primeiro degrau da casa em Newcastle, lutando para reprimir as lágrimas enquanto ouvia o recado de Santiago no telefone pela segunda vez.

"É bom que tenha saído. Assim eu posso dizer o que preciso. Tudo ficou de pernas para o ar desde que cheguei aqui. O dinheiro, a fama, nada disso conta sem você, Roz."

Roz podia perceber que Santi estava lutando para encontrar as palavras certas quando hesitava.

"Eu finalmente encontrei minha mãe. Não saber quem ela era estava acabando comigo. Ainda é difícil aceitar, mas acho que as coisas podem ficar bem. Vai levar tempo."

Ele se interrompeu novamente e Roz o imaginou em Madri ao dar o telefonema.

"Não vou pedir mais desculpas pelo que fiz. Só o que posso dizer é que lamento muito por tratar você do jeito que tratei, por afastar você. Eu fui um completo babaca."

Roz sorriu. Nisso ele tinha razão. Ele foi idiota, irresponsável, egoísta e, exatamente como ele disse, um completo babaca.

Mas havia coisas que Roz queria dizer a Santiago também. Coisas que ela nunca teve a oportunidade de discutir com ele antes que o mundo dos dois ficasse tão completa e drasticamente separado.

Ela olhou para a barriga e se maravilhou novamente com a protuberância que parecia aumentar um pouco a cada dia. Estava com quase seis meses de gravidez. Santiago nem sabia que ia se tornar pai.

"Eu quero fazer as coisas direito", disse ele, chegando ao final do recado. "Por favor, me ligue. Me diga se vai me dar uma segunda chance. Eu te amo, Roz."

Trinta e um

Os dias que antecederam a final da Liga dos Campeões incitaram níveis sem precedentes de debates e especulação na imprensa e na mídia: Harris ou Muñez, quem seria?

Gavin estava jogando bem e fazendo gols novamente. Mas Santiago era comprovadamente um homem para decidir o jogo e, apesar de suas excentricidades fora do campo, o que mais importava a todos era que o Real vencia a partida.

Van Der Merwe estava ao telefone em seu escritório quando Santiago entrou, parecendo que ia se lançar a um ataque.

— Vou ter que ligar depois — disse Van Der Merwe ao telefone antes de desligar.

— O que é? — perguntou ele, olhando para Santi.

— Vai começar o jogo comigo? — quis saber Santiago firmemente. — Na final?

Van Der Merwe suspirou de irritação.

— Acho que me lembro de já termos feito essa dança antes. Você não lembra?

Santiago olhou duro para o técnico.

— Coloque o Gavin.

— O quê? — disse Van Der Merwe, confuso. — Isso é algum tipo de brincadeira, Muñez?

— Não, chefe — disse Santiago. — Eu só queria pedir para ficar no banco. Comece com o Gavino. Se ele jogar bem na final, ainda vai ser escalado pela Inglaterra na Copa do Mundo.

Van Der Merwe sacudiu a cabeça. Num minuto Muñez estava dizendo que queria entrar desde o início do jogo, no outro pedia a ele para ficar de fora.

— Eu adoro futebol — disse Santiago antes que o técnico tivesse a chance de responder. — Mas sem meus amigos e minha família, não basta. Quando cheguei aqui, eu fiquei... tonto com tudo isso; perdi de vista o que era mais importante e acabei estragando as coisas.

— Muñez...

— Me deixe terminar, por favor, chefe — disse Santi com urgência. — O Gavino ficou ao meu lado o tempo todo. Ele é meu *amigo*. E enquanto eu fico zanzando por aí feito um idiota, ele está trabalhando duro e conquistando seu lugar. Mas ele está correndo contra o tempo e não pode terminar a temporada no banco.

Santiago soltou um longo suspiro.
— É só o que eu peço, chefe. — Ele se virou para sair.
— Muñez?
— Chefe? — disse Santi, virando-se.
— Quem escala o time sou eu.

Trinta e dois

Miguel colocou a chave na fechadura da porta do bar, observado por Rosa-Maria e Enrique. Ele girou a chave velha e pesada, puxou-a da fechadura e depois girou a maçaneta para verificar se a porta estava realmente trancada, enquanto Enrique esperava impaciente e a mãe apenas sorria.

Do outro lado da rua, estava um Audi reluzente. Um motorista bem-vestido esperava para abrir as portas para seus passageiros VIPs.

Os três atravessaram a rua e o motorista sorriu para eles abrindo uma das portas traseiras. No banco traseiro, havia flores para Rosa-Maria e três camisas do Real, todas trazendo o nome de Muñez. A recém-encontrada família de Santiago ia assistir à final da Liga dos Campeões.

Sua outra família — a avó Mercedes e o irmão Julio — estavam prontos, juntos com o que parecia ser os torcedores de Los Angeles da torcida do Real Madrid apertados na sala de estar de sua casa. Mercedes estava, como sempre, no lugar de honra, mais perto da televisão, e Julio ao seu lado.

Roz estava em casa, em Newcastle, com apenas a mãe, Carol. Roz tinha que assistir à final, mas em suas condições o lugar mais seguro para fazer isso era no conforto de uma poltrona. Ela também via TV enquanto os comentaristas faziam suas previsões antes do jogo e esperavam uma final empolgante e difícil.

Glen escolhera assistir ao jogo em um pub de Newcastle, junto com alguns membros da turma da oficina. Se as coisas estivessem diferentes, ele estaria lá, acompanhando tudo de perto, dando apoio e palavras de estímulo a Santi antes de assumir seu lugar reservado em um dos camarotes.

Mas as coisas não foram diferentes e só o que Glen podia fazer agora era assistir de longe, como centenas de milhares de outros fãs de futebol em todo o planeta.

O Bernabéu fora escolhido para sediar a final da Liga dos Campeões muito tempo antes que a competição tivesse começado.

Era um golpe de sorte para o Real Madrid, mas o Arsenal também se sentia em casa com seus torcedores lotando metade do estádio.

Arsène Wenger fizera quase um milagre na montagem do time que ele pacientemente recompusera para a final. Muitos de seus homens-fortes tinham se mudado, como no caso de Patrick Vieira, ou sofriam com lesões.

Mas devido à crise de lesões do Arsenal, surgiram vários novos astros, inclusive o dinâmico e decidido meio-campo inglês, TJ Harper.

Os jogadores do Real estavam sentados, nervosos, nos bancos no vestiário, esperando pacientemente que Van Der Merwe começasse a preleção.

Van Der Merwe sorriu.

— Eu trouxe vocês até o máximo que pude, até o acampamento-base. — Ele se interrompeu por um momento e depois fez sinal com a cabeça em direção à porta. — Lá fora, é o Everest.

Alguns jogadores assentiram, apreciando as palavras dele.

— As lendas estão vendo vocês: Di Stéfano, Butragueño, Sánchez. Lembrem-se deles, e lembrem-se que vocês merecem estar aqui. Para fazer história. Como uma equipe. Vocês estão a um passo da realização definitiva, o maior prêmio no futebol de clubes.

Ele ergueu um papel com a escalação, sabendo de cor o nome de cada um que estava escrito sem precisar recorrer a anotações, e começou a revelar o time que iniciaria o jogo.

— Casillas. Salgado. Woodgate. Helguera. Carlos. — Ele fez uma pausa. Todos olharam com extrema atenção.
— Zidane, Beckham, Guti, Robinho, Ronaldo.

O capitão extremamente popular do Real, Raúl, sofreu uma lesão na preparação para a final e não estava apto a entrar no início da partida.

Só restava um. Van Der Merwe olhou Santiago nos olhos ao dizer o último nome.

— Harris.

Os olhos de Gavin se arregalaram de surpresa. Ele olhou para Santiago e viu que ele estava sorrindo para ele, compartilhando de sua alegria.

À medida que os jogadores saíam do vestiário, indo para o túnel, as últimas palavras de estímulo de seu técnico ainda soavam em seus ouvidos.

"Vocês conseguiram. A final da Liga dos Campeões. Não quero que se esqueçam do motivo de estarem aqui, mas quero que joguem como se não tivessem nada a perder. Esqueçam o dinheiro, esqueçam a imprensa, esqueçam as câmeras. Esqueçam tudo. Curtam o jogo."

Os jogadores do Real ficaram cara a cara com os adversários na entrada do túnel. Muitos eram velhos amigos, ou então antigos rivais, ou, em alguns casos, antigos parceiros de luta.

Os dois times começaram a longa caminhada pelo túnel, ouvindo o barulho ensurdecedor que cada vez aumentava mais à medida que seguiam em frente. Ao saírem sob as luzes deslumbrantes do Bernabéu, o som que percorria o estádio subiu a um nível que poucos experimentaram na vida.

Eles chegaram ao círculo central e formaram uma fila para o hino da UEFA, e depois começaram os tradicionais apertos de mão, com os jogadores do Real percorrendo a fila do Arsenal, assentindo e desejando "boa sorte".

Henry, Bergkamp, Cole, Pirès, Ljungberg. Mesmo sem a inspiração de Patrick Vieira, o Arsenal ainda era um time com vencedores em potencial. E além dos já consagrados, eles também tinham TJ Harper, o novo superastro, com a aparência e a confiança de um rapper ou estrela de cinema.

David Beckham apertou a mão dele e assentiu.

— TJ. Boa sorte.

Harper deu um largo sorriso e depois olhou para Gavin, que era o próximo da fila.

— Não sou eu que vou precisar de sorte, cara — disse Harper a Beckham.

Enquanto Gavin pegava a mão de Harper, o jogador do Arsenal se curvou para perto e sussurrou alguma coisa no ouvido dele. Os jogos psicológicos estavam começando.

Gavin recuou e um olhar de raiva lampejou por seu rosto. Harper se afastou, rindo pelo primeiro sangue que tirara na batalha mental. David Beckham pôs a mão no ombro de Gavin; ele conhecia todas as táticas dos adversários.

— Não ligue — foi tudo o que ele disse. Foi o bastante. Gavin sorriu e assentiu e depois foi correndo assumir sua posição.

No banco, Santiago trocou um olhar ansioso com Steve McManaman. Os dois viram o olhar furioso de Gavin durante os apertos de mão.

O juiz verificou com os assistentes e depois levou o apito aos lábios e o som agudo penetrou até no rugido das 85 mil vozes.

A final da Liga dos Campeões estava começando.

Trinta e três

O jogo não podia ter começado pior para o Real — ou para Gavin Harris.

Já no primeiro minuto, ao receber um passe curto, a bola foi roubada por TJ Harper, que raciocinou rápido e partiu veloz para o gol do Real.

Gavin virou-se para recuperar a bola e ganhou terreno rapidamente. Assim que Harper chegou à área, Gavin lhe deu um carrinho. Foi bem cronometrado e limpo, mas Harper caiu dramaticamente.

O juiz veio correndo e, enquanto Gavin se levantava, ouviu o apito e o viu apontar para a marca do pênalti.

Houve olhares e gritos de descrença do banco do Real e dos madrilistas, mas o pior estava por vir.

O juiz colocou a mão no bolso da camisa e por um momento o coração de Gavin disparou com a idéia apavorante de estar prestes a sofrer o mesmo destino de Santiago no jogo contra o Valencia.

Mas o cartão era amarelo. Gavin se virou, sentindo alívio, embora desanimado e com raiva de Harper que tinha, na melhor das hipóteses, "cavado" o pênalti.

O meio-campo do Arsenal já havia pego a bola e a colocava na marca para a cobrança. Os torcedores do Real vaiaram e assovios de escárnio ainda soavam no estádio quando Harper se preparava para cobrar.

A bola foi perfeitamente colocada, baixa e rápida no canto esquerdo, e embora Casillas tivesse adivinhado corretamente e mergulhado para o lado certo, a bola passou com facilidade por seu braço esticado.

O Arsenal tinha feito um gol no primeiro minuto de jogo. E, enquanto o Real tentava se reagrupar e contra-atacar o desastre prematuro, era evidente que o campeão inglês aprontaria ainda mais. Seus movimentos eram rápidos e incisivos, e o estilo inglês quase sobrepujava o jogo mais moderado do Real.

Bergkamp fez um lançamento longo e perfeito, e Henry, disparando pela esquerda — seu melhor lado — chegou ainda mais perto ao cabecear enquanto o Arsenal dominava totalmente o jogo.

Os *galácticos* de Madri estavam sendo superados no jogo e na tática e lutavam para vencer o revés de perder um gol assim tão cedo.

No banco, Santiago vivia cada movimento e sentia cada carrinho, querendo desesperadamente fazer parte da ação, ao mesmo tempo que desejava que Gavin fizesse uma contribuição especial para a final.

Mas o jogo era todo do Arsenal. Freddie Ljungberg estava causando um estrago no flanco esquerdo, obrigando Casillas a duas defesas sensacionais — ele que sem dúvida era o melhor jogador do Real no primeiro tempo.

O Real teve sorte em não ficar ainda mais para trás quando o juiz encerrou o primeiro tempo do jogo. Eles saíram do campo parecendo confusos e surpresos. Precisavam voltar ao vestiário. Para se reagrupar. Para se recuperar.

Enquanto os jogadores entravam no túnel, separados pela grade de aço que divide a escada, TJ Harper decidiu contribuir para a frustração e a fúria de Gavin.

— Ah, meu querido — zombou ele. — Você parece tão triste.

Gavin não conseguiu se reprimir e bateu as duas mãos na grade.

— Seu trapaceiro arrogante...!

Steve McManaman estava bem atrás de Gavin. Ele o puxou.

— Deixa pra lá, Gav! Ele não vale a pena!

Depois que os jogadores do Real se acomodaram nos bancos no vestiário, Van Der Merwe começou a preleção de intervalo derrubando o quadro de tática. Ele caiu com um estrondo no chão. Ninguém disse uma palavra, mas Macca decidiu fazer diplomacia, pegando o quadro. Foi recompensado com um olhar frio do técnico.

Van Der Merwe se virou para Gavin.

— Harris!

Era o momento que Gavin temia desde que levou o cartão. Ele ia ser retirado de campo.

— Harper fez você de idiota!

— Eu sei, chefe. Mas por favor, só me dê...

Ele não teve a chance de terminar.

— Quero que você jogue mais avançado. Vou colocar o Santi: ele vai recuar um pouco.

Gavin soltou um enorme suspiro de alívio. Conseguiu mais um tempo e Santiago ia aumentar o poder de fogo do Real.

Van Der Merwe passou o resto do intervalo lembrando aos jogadores como eles permitiram que o Arsenal dominasse a partida e até os intimidasse no primeiro tempo. Eles iam voltar para o campo incitados, com energia e determinação renovadas. Estavam perdendo de um a zero, mas os grandes times podem se recuperar de déficits muito maiores. E eles *eram* um grande time. Tinham 45 minutos para provar o quanto eram grandes.

Trinta e quatro

Enquanto Santiago esperava na linha lateral pelo sinal do juiz para entrar no segundo tempo, Van Der Merwe lhe deu as últimas instruções táticas.

— Dê apoio a Becks e abra à esquerda. Eles não estão esperando isso.

Santi assentiu, e quando o juiz autorizou sua entrada em campo ele sabia que sua mãe e Enrique estariam vendo de seus lugares no camarote, e que sua avó e Julio estariam grudados na televisão em Los Angeles.

E Santi sabia que, em Newcastle, Glen e Roz também estariam assistindo. Ele tinha que fazer o jogo de sua vida, por todos eles.

No pub, em Newcastle, todo o bar explodiu em gritos e aplausos ao ver seu ex-artilheiro preferido entrar em campo.

Um dos mecânicos de Glen — o adequadamente apelidado Foghorn, por causa de sua voz de buzina — gritou de satisfação.

— Lá vai ele, galera, uma injeção da qualidade dos *geordie*!
Ele se virou para Glen.

— Seu garoto vai ser o orgulho da Toon, Glen.

Glen assentiu e sorriu envaidecido, mas sua resposta murmurada não foi ouvida em meio aos gritos do bar lotado.

— Ele não é mais meu garoto.

Santiago rapidamente entrou no ritmo do jogo, e seguiu as instruções do técnico à risca. Em um movimento perfeito, ele encontrou Beckham livre à esquerda e na posição certa para receber a bola que voltava.

Com esperteza, ele fez um passe de calcanhar para Gavin, que acompanhava seu ritmo. Ele pegou de primeira a 25 metros do gol e a bola saiu pela linha de fundo por cima do travessão.

No banco, Van Der Merwe assentiu com satisfação para Macca. Assim era melhor. Muito melhor.

Mas Arsène Wenger também tinha absorvido a mudança na tática do Real e estava programando suas próprias alterações. Era quase como um jogo de xadrez, com os dois Grandes Mestres em bancos opostos, decidindo os movimentos e adaptando sua tática à medida que o drama se desenrolava.

Santi, Gavin e David Beckham, mais acostumados ao estilo inglês de jogar do que a maioria de seus companheiros de time, estavam começando a causar problemas para o Arsenal e, à medida que passava o segundo tempo, o Real ainda parecia ser capaz de infligir sérios danos ao adversário.

Mas foi então que Thierry Henry deu um show desmoralizante, demonstrando novamente por que ele é o artilheiro mas temido e mais marcado do campeonato inglês. Ele pegou um passe perto da linha intermediária e partiu em uma disparada eletrizante em ziguezague. Deixou dois zagueiros para trás e se aproximou da área pela esquerda. Casillas avançou para encontrá-lo, mas enquanto o terceiro zagueiro do Real dava um carrinho desesperado, o francês disparou a bola rápida e baixa pelo goleiro, que mergulhava para defender.

Henry já estava correndo triunfante quando os torcedores do Arsenal começaram a comemorar o gol clássico.

O Real perdia de dois a zero e parecia que estava derrotado.

Os minutos se passavam e o Real se lançou todo para o ataque. O Arsenal chegou extremamente perto de aumentar ainda mais o placar em uma ocasião.

Os dois técnicos fizeram alterações mas, longe de se fechar na defesa, os gunners continuaram pressionado, tentando o terceiro gol. Henry estava inspirado, superando até seu colega francês, Zidane, que fazia tudo o que podia para devolver o Real ao jogo.

O Real ainda estava jogando futebol, mas era um futebol incrivelmente desesperado.

Thomas Gravesen entrou para reforçar o meio-campo, mas ainda assim o Arsenal dominava e, restando apenas sete minutos, não parecia possível que eles se recuperassem.

Henry recebeu a bola junto à grande área. Ele fintou para um lado e depois para o outro, dando uma drible em Jonathan Woodgate, e depois encontrou Freddie Ljungberg, que entrou voando na área.

Enquanto ele corria pela grande área e se preparava para chutar, Roberto Carlos chegou com tudo, descendo com um carrinho que derrubou o sueco no chão.

Desta vez não havia como discutir, nenhuma dúvida. Era definitivamente um pênalti.

TJ Harper parecia ser a pessoa mais fria no estádio ao ajeitar a bola cuidadosamente na marca para cobrar seu segundo pênalti.

O Bernabéu caiu em silêncio.

No camarote, Rosa-Maria pegou a mão do filho. Em Los Angeles, Mercedes fazia exatamente o mesmo com o neto, Julio. Em Newcastle, Roz estendia a mão e pegava a de sua mãe, Carol, e no pub no centro da cidade, Glen cerrou os punhos. Até Foghorn ficou em silêncio.

O goleiro do Real, Casillas, se posicionou, deixando para decidir para que lado pular para quando Harper avançasse para a bola. Qualquer que fosse o lado escolhido, seria apenas uma aposta calculada.

Os jogadores do Arsenal e do Real se comprimiam na beira da grande área, esperando para pegar o rebote ou chutar a bola para longe se ela fosse defendida ou voltasse ao jogo.

Mas Harper não tinha a intenção de deixar que a bola terminasse em outro lugar que não fosse no fundo da rede.

Ele avançou para a bola e Casillas tomou sua decisão. Harper chutou uma bola alta e com força no canto superior direito. Casillas tinha deduzido corretamente. Ele saltou pela linha do gol, os braços totalmente esticados e sentiu a bola bater em seus dedos e na trave.

Ela voou pelo ar e, enquanto caía, Santiago foi o que reagiu mais rápido, mais até do que Harper, que correu para disputar a bola. Santi girou e mandou a bola com a maior força que pôde para o campo do Arsenal.

Ela voou longe, subindo muito, deixando muitos jogadores presos ao chão, apenas assistindo.

Mas Gavin já estava correndo, atravessando o campo e seguindo a trajetória da bola.

Era um contra um: Gavin contra o goleiro do Arsenal, Lehmann.

Eles avançavam um para o outro como trens expressos, como se estivessem se arremessando para uma colisão de frente que não podia ser detida.

Gavin viu a bola enquanto ela descia; podia ouvir Lehmann correr como um raio na direção dele. Mas não tirava os olhos da bola.

Não havia tempo para deixar a bola quicar; ele tinha que pegar de primeira. Ele soltou o chute com toda a violência que conseguiu reunir.

Lehmann não pôde fazer nada para impedir. A bola passou por ele como um míssil e tudo a fazer foi continuar observando a bola com descrença enquanto ela disparava para a rede.

Gavin não parou para comemorar. Seguiu a bola até o gol, pegou-a e atravessou o campo até o círculo central.

Ainda havia uma chance. Só uma.

Trinta e cinco

Faltavam quatro minutos. Quatro minutos para o Real tentar levar a partida para a prorrogação.

O Arsenal desistira completamente do futebol ofensivo. Agora estavam desesperadamente amarrados na defesa. Mas o Real tornou-se um time inspirado; de repente, nos últimos minutos, jogava um futebol digno do velho Real de sempre.

Zidane passou a bola para Ronaldo, que viu David Beckham livre. Ele deu um passe calculado a Gavin, que estava posicionado para chutar a gol novamente. Era o que a defesa do Arsenal estava esperando, mas Gavin, com inteligência, mandou um passe longo, que parou convidativamente nos pés de Santiago.

Seu chute de primeira disparou por cima do travessão, e todo o estádio rugiu em desespero e frustração.

Mas o ataque ainda estava vivo, com Gavin e Beckham instando os companheiros de time com rosnados de estímulos e punhos fechados.

Um carrinho deu aos gunners um intervalo de alguns segundos da luta, mas, o que era mais importante para o Real, gerou um escanteio.

Beckham foi para o corner para posicionar a bola, e no banco Van Der Merwe e McManaman olharam o relógio novamente.

O escanteio foi cobrado e parou bem no meio da pequena área, distante do goleiro, mas ele corajosamente saiu do gol e socou a bola para longe.

Os 45 minutos tinham acabado. Arsène Wenger estava de pé, olhando para o quarto árbitro e apontando o relógio.

Mas havia dois minutos de acréscimo. Ainda dois minutos para o Real conseguir um empate.

O soco de Lehmann não livrou o Arsenal de problemas. Depois de um briga no meio-campo, Roberto Carlos interceptou a bola enquanto ela quicava. Agora era atacar com força total. Tinha que ser. Ele correu para a zaga do Arsenal, arrastando dois jogadores com ele para o corner.

Antes que qualquer um deles pudesse dar um carrinho, o brasileiro fez um cruzamento.

Santiago estava na beira da grande área. Ele tinha certeza que a bola ia vir para ele; tinha certeza de que ia pegar de primeira num voleio.

E foi o que ele fez.

Lehmann mal viu a bola e não teve chance de defender.

Ninguém no estádio e nenhum dos milhões de espectadores de televisão em todo o mundo conseguiram acreditar no que estavam vendo. Isto era uma virada a ser comparada às grandes viradas da história do futebol.

Os jogadores do Arsenal ficaram atordoados e se encaravam. Como isso pôde acontecer? A taça já era deles; estava quase nas suas mãos, mas agora o espectro pavoroso da prorrogação os assombrava.

E era o Real que estava com ímpeto.

Os madrilistas ainda gritavam de satisfação enquanto o Arsenal recomeçava a partida. Mas eles estavam desorganizados: perderam a posse da bola e ela voltou para o Real.

Guti a lançou para Gavin e ele mandou a bola imperiosamente para Santi, que viu outra chance de chutar a gol. Ele se preparou para chutar mas um empurrão desesperado de TJ Harper o derrubou e o juiz apitou a falta.

Os dois minutos de acréscimo tinham praticamente acabado e os jogadores do Arsenal se reuniram em volta do juiz, instando-o a apitar o final do tempo regulamentar.

Mas David Beckham já estava com a bola.

Ele a ajeitou calmamente para cobrar a falta e os zagueiros do Arsenal correram para assumir suas posições na barreira, seguindo as instruções que Lehmann lhes berrava.

A falta seria cobrada exatamente na posição que era a especialidade de Beckham, no ângulo direito, para passar em curva pela barreira.

O Bernabéu fez silêncio.

Em Los Angeles, a avó de Santiago murmurou uma oração silenciosa e, no camarote, sua mãe fez o mesmo.

Santiago ficou olhando. Gavin ficou olhando; parecia que todo o mundo estava vendo Beckham recuar o pé esquerdo por um momento antes de avançar para a bola.

Ele a chutou com perfeição, ainda mais perfeitamente do que a lendária falta que cobrou para a Inglaterra contra a Grécia.

Os zagueiros do Arsenal pularam alto para tentar interceptar a bola, mas ela descreveu um arco sobre suas cabeças e entrou no canto superior, passando pelas mãos do goleiro Lehmann enquanto dava seu mergulho.

O Bernabéu explodiu ao ver Beckham correndo em triunfo e o apito final soava. Miraculosamente, quase que inacreditavelmente, eles não iam precisar da prorrogação.

Enquanto Beckham voltava, Gavin e Santiago estavam ali. Eles pularam um nos braços do outro, gritando de alegria e se aquecendo na adoração tumultuosa dos madrilistas.

Os três jogadores que fizeram os gols estavam juntos.

Os campeões da Europa.

Este livro foi composto na tipologia Agaramond,
em corpo 12/16,5, e impresso em papel off-white
80g/m² no Sistema Cameron da Divisão Gráfica
da Distribuidora Record.